…wir haben Ihn nie gewollt!

Als ich vor einiger Zeit zu Hause saß, schnappte ich diese Worte von einer Fernsehsendung auf und wurde schlagartig mit meiner Vergangenheit konfrontiert.

Dieser Satz begleitet mich seit meinem achten Lebensjahr, denn mit acht Jahren wurde ich adoptiert.

Adoption sollte etwas Schönes für die Beteiligten sein.

SOLLTE … Meine Lebensgeschichte lief ein wenig anders …!

Diese Zeilen sind keine Fiktion, sondern zeigen die tatsächlichen Erlebnisse meines Lebens!

Das vorliegende Buch zeichnet mein Leben seit dem ersten Tag der Adoption.

Namen und Orte wurden geändert.

Dieses Buch widme ich meiner Familie!

Ana, Nia, Babu, Thorben, Tristan und

Nina Marie

Besonderer Dank an Christian Engel, der mir Mut machte, dieses Buch zu veröffentlichen!

Christian Thomas

...wir haben ihn nie gewollt!

Die Lebensgeschichte eines Adoptivkindes

tredition

Impressum

© 2023

Christian Thomas

Kalksbecker Weg 59

48653 Coesfeld

Verlagslabel: Cristo
Covergestaltung: Christian Thomas
Bild: Diana Thomas

info-cristo@gmx.de

Softcover   978-3-384-02098-7
Hardcover   978-3-384-02099-4
E-Book   978-3-384-02100-7

Druck und Distribution im Auftrag :
tredition GmbH, An der Strusbek 10, 22926
Ahrensburg, Germany

Inhaltsverzeichnis

Vorwort

Mein Name ist Kevin Klein und ich bin 59 Jahre alt. Ich bin seit 34 Jahren verheiratet, habe 2 Kinder und 2 Enkel. Geboren wurde ich als Kevin Müller.

Mit fast 8 Jahren wurde ich zusammen mit meiner leiblichen Schwester Tilly, die damals vier Jahre alt war, von einem Ehepaar adoptiert. Mittlerweile wünsche ich mir, dass das nie passiert wäre, denn die Erfahrungen, die ich damit gemacht habe, sind alles andere als positiv!

Bitte nicht falsch verstehen, es geht nicht um Adoption im Allgemeinen, sondern um meine Erfahrungen mit Adoption und Adoptiveltern!

Es gibt viele Gründe, ein Kind zu adoptieren:

• das Ehepaar kann kein Kind bekommen, weil er oder sie nicht zeugungsfähig sind

• das Paar ist schwul

• das Paar ist lesbisch und keine von beiden möchte ein Kind austragen

• andere Gründe, wie z. B. einem Kind ohne Eltern eine Familie bieten

Alle Gründe sind für mich nachvollziehbar und aller Ehren wert.

Aber einen Jungen zu adoptieren, nur weil man als Paar gesagt bekommt:

„… Entweder nehmen Sie jetzt das vierjährige Mädchen und den fast achtjährigen Jungen zusammen oder Sie bekommen keine Chance mehr auf ein Adoptivkind, da Sie eigentlich ja auch schon viel zu alt sind für eine Adoption!"

Zu der Zeit war sie 35 Jahre und er 34 Jahre alt!

Denn was dieses Paar eigentlich von Anfang an festgelegt hatte (für sich, aber auch für die Adoptionsstelle) war:

Wir wollen nur Mädchen!

Da beide Angst hatten, überhaupt kein Adoptivkind zu bekommen, nahmen sie notgedrungen beide Kinder.

Wie diese Entscheidung sich auf mein Leben auswirkte, habe ich in diesem Buch festgehalten …

Kurzer Abriss der ersten Lebensjahre

Ich wurde am 17. August 1963 als viertes von 6 Kindern geboren. Wir waren 3 Jungen und 3 Mädchen.

Von den ersten 4 Jahren meines Lebens ist mir fast nichts mehr im Gedächtnis geblieben. Ich erinnere mich nur daran, dass wir ständig umgezogen sind.

Mein Vater war Schlosser und meine Mutter … keine Ahnung. Sie war jedenfalls, wenn sie zu Hause war, ständig am rumschreien oder lag sternhagelvoll im Bett. Wir Kinder haben sie mehr als einmal ausgezogen, gewaschen und ins Bett gelegt.

Von meinem Vater kann ich nicht viel sagen, da er irgendwann aus unserer Wohnung und unserem Leben verschwand.

Der Karrieregipfel war für uns erreicht, als wir zusammen mit unserer Mutter in einen Neubau auf einer Müllkippe einzogen. Es ist kein Schreibfehler, sondern die traurige Wahrheit.

Dieser Neubau befand sich auf der Müllkippe und nicht in der Nähe! Ich würde den Standort noch heute wieder finden!

Irgendwann zwischen 1969 und 1970
wurden dann mehrere von uns Kindern vom
Jugendamt aus der Familie geholt und
erstmal in Pflegefamilien untergebracht.

Ich konnte bis heute nur in Erfahrung
bringen, dass meine jüngste Schwester
irgendwo auf der nördlichen Seite der
Bundesrepublik untergebracht wurde.

Ich selber kam zu einem älteren Ehepaar auf
einen Hühnerhof in einem kleinen Dorf.
Keine Ahnung, wo das war. Sie hatten eine
erwachsene Tochter und bemühten sich, uns
ein Zuhause zu geben.

Dort war ich mit meiner zwei Jahre jüngeren
Schwester Anna untergebracht. Die Zeit dort
war ein einziges Abenteuer, denn wir haben
den ganzen Tag gemacht, was wir wollten.

Eigentlich bin ich dort auch eingeschult
worden, aber die erste Klasse habe ich nur
ein oder zwei Tage besucht. Danach bin ich
nicht mehr hingegangen, denn spielen mit
Anna und den Nachbarskindern war viel
interessanter.

Irgendwann Ende Juni / Anfang Juli 1971
wurde ich beim Frühstück von den
Pflegeeltern mit der Nachricht überrascht,
dass man mich am nächsten Tag abholt.

Für mich und meine jüngste Schwester Tilly
wären Adoptiveltern gefunden worden und
da würde ich ab dem nächsten Tag wohnen
und leben.

Ich war so voller Euphorie, dass ich ganz
vergaß, dass Anna dann alleine auf dem Hof
blieb. Ich habe sie erst 20 Jahre später wieder
gesehen. Sie ist bei einer Großtante und
deren Ehemann in Hessen aufgewachsen.

Am nächsten Tag wurde ich dann relativ
früh am Morgen abgeholt und irgendwo auf
eine Außenstelle des zuständigen
Jugendamtes gebracht. Dort traf ich dann
meine vier Jahre jüngere Schwester Tilly
wieder, mit der ich ab sofort in der „neuen"
Familie aufwachsen sollte. So begann mein
Leben als Adoptivkind …

Wie alles begann

eine Schwester Tilly und ich waren also dort in der Außenstelle des Jugendamtes und warteten auf unsere „neuen" Eltern.

Vor lauter Aufregung war ich die ganze Zeit nur am Essen und Trinken und bin andauernd zum Fenster gelaufen. Hat natürlich nichts gebracht, denn wir wussten ja beide nicht wie sie aussehen!

Als sie dann eintrafen, waren wir beide total verschüchtert und das nicht nur, weil diese beiden Leute uns völlig unbekannt waren.

Durch die Tür trat eine aufgedonnerte Frau mit geblümter Bluse, einem schwarzen Rock und „Kriegsbemalung" oder auch geschminkt. Aber das war jetzt nicht so aufregend wie der Mann, der hinter ihr stand: Annähernd 2 Meter groß, Hände wie Schaufeln, kohlrabenschwarze sehr dichte Haare und so bullig, dass wir dachten:

„Der kann doch unmöglich durch die Tür passen!?" Doch er passte durch und begrüßte uns mit einer sehr tiefen und warmen Stimme.

Was er damals gesagt hat, ist mir entfallen, aber er strahlte sofort eine wohlige Wärme aus!

Sie wirkte schon damals sehr kalt und arrogant auf mich. Dieses erste Gefühl sollte sich im Laufe der Zeit immer mehr bestätigen.

Was dort im Büro niemandem auch nur in den Sinn gekommen ist:

Hinter dieser Schminke und dem freundlichen Lächeln verbarg sich eine Fratze, die sich erst im Laufe der nächsten Jahre zeigen sollte.

Wenn ich damals schon gewusst hätte, was da auf mich zukommt mit dieser Frau, wäre ich damals schreiend weggelaufen und nie wieder zurückgekommen!

Aber damals waren wir beide einfach nur froh, dass sich jemand für uns interessierte und adoptieren wollte.

Doch nun wieder zurück in das Büro des Jugendamtes. Hier gab es erst mal ein Stück Kuchen und eine Tasse Kaffee bzw. Kakao für die Kinder. Dabei wurde von den Erwachsenen viel Zeug geredet, von dem Tilly und ich überhaupt nichts verstanden haben.

Nach dem Kaffeetrinken wurden wir Kinder
aus dem Raum in ein Nebenzimmer geführt,
weil die Erwachsenen jetzt erst mal
Erwachsenengespräche führen wollten.

Wir waren in dem Nebenraum alleine mit
ein paar Spielsachen.

Das Lauschen an der Tür brachte nicht viel.

Es war wieder so „Fachchinesisch" für uns,
dass wir so gut wie nichts verstanden haben.

Was ich aber verstanden habe, war die
Stimme der Frau mit den Worten:

„Ja eigentlich wollten wir ja nur das
Mädchen nehmen …"

Was danach gesagt wurde, verstand ich
nicht, aber eine andere Stimme sagte: „Es ist
ja auch erst mal nur zur Probe …"

Damals wusste ich nicht wie das gemeint
war, aber es sollte sich die nächsten Jahre
zeigen …

Na ja, ich war damals fast acht Jahre alt und
Tilly vier.

Was versteht man in dem Alter schon?

Familie!

D ie Fahrt von der Jugendamt-Außenstelle „nach Hause" ist mir gar nicht in Erinnerung geblieben.

Ich war nur stolz in diesem neuen ockergelben Opel Kadett zu sitzen. Meine einzigen Erfahrungen mit Autos beschränkten sich auf den alten Traktor des Hofes und den ebenfalls sehr, sehr alten Kombi der Pflegeeltern.

Wie viel Stunden oder Kilometer wir gefahren sind, kann ich nicht sagen, da ich weder lesen noch schreiben konnte! (Wie schon erwähnt glänzte ich in der Schule nur durch Abwesenheit!)

An einem Haus in einem Ort in der Nähe von Olpe im Sauerland hielt der Mann (ich wusste nicht, wie ich ihn anreden soll) den Wagen an und sagte nur: „Endlich zu Hause!"

Wir standen vor einem sehr großen dreigeschossigen Wohnhaus, das auf einem außerordentlich großen Grundstück stand. Vor der Haustür standen eine ältere Frau und ein älterer Mann, die sich als Großeltern vorstellten.

Es hieß nicht „Ich bin Herr/Frau sowieso", sondern von Anfang an wollten sie mit Großmutter und Großvater angesprochen werden.

Beide waren bereits längere Zeit in Rente. Sie waren immer sehr freundlich und schienen uns gleich ins Herz geschlossen zu haben!

Am selben Tag erfuhr ich dann von Großvater, dass er als Soldat im Zweiten Weltkrieg sehr lange in französischer Gefangenschaft gewesen ist und deswegen auch nicht mehr ganz so gesund ist.

Er stand aber jeden Tag noch um 5 Uhr auf und fuhr mit dem Bus 20 Kilometer in die nächste größere Stadt und arbeitete 8 Stunden auf der Hauptpost als eine Art Hausmeister.

Großmutter war ihr ganzes Leben Hausfrau und Mutter. Sie war die Mutter von der Frau. Was wir schon beim Jugendamt erfahren hatten, die Frau war Sekretärin in einer Firma und der Mann war bei der Deutschen Bundesbahn.

Tilly und ich wussten zuerst gar nicht, wie wir den Mann und die Frau ansprechen sollen.

Die Frau und der Mann wohnten in diesem
Haus im Erdgeschoss mit 4 Zimmer, Küche,
Bad und Gäste-WC.

Eins der vier Zimmer war für Tilly und mich
eingerichtet worden. Ein Doppelbett, ein
Schrank, 2 Nachtkonsolen … Fertig!

Die Großeltern bewohnten den zweiten
Stock mit 3 Zimmer, Küche, Bad.

Etwa zwei Stunden nach unserer Ankunft
hieß es dann auch schon ab in die Falle, also
ins Bett. Tilly und ich sind wohl sehr schnell
eingeschlafen, denn wir haben kein Wort
mehr miteinander sprechen können.

Morgens etwa gegen acht Uhr ging es raus
aus den Federn, waschen, anziehen und
Betten machen, denn von Anfang an
mussten wir das selber machen.

Beim gemeinsamen Frühstück wurde dann
endlich geklärt, wie wir die beiden
ansprechen sollen. Mama und Papa, denn
schließlich wären sie ja unsere Eltern.

Danach machten sie Pläne für den Tag mit
uns. Erst mal würden wir die Koffer
gemeinsam auspacken und schauen, was
überhaupt zu gebrauchen war.

Tilly und ich hatten jeweils nur einen kleinen Koffer mit Klamotten dabei, von denen mindestens die Hälfte in die Tonne wanderte.

Was dann kam haute uns beide erst mal aus den Socken!

Zusammen mit den Eltern und Großeltern gingen wir in ein Bekleidungsgeschäft im Ort und kauften alles Mögliche an Klamotten für Tilly und mich!

Aber damit nicht genug, es ging auch noch in ein Schuhgeschäft und ich bekam das erste Mal in meinem Leben neue, echte Lederschuhe!!

Bis zu diesem Tag bin ich fast nur barfuß gelaufen. Aber dort bekam ich dann einen kurzen Wortwechsel von „Papa" und „Mama" mit:

Papa: „Ich denke, er ist nur zur Probe da? Hast Du ja immer betont!"

Mama: „Ja schon, aber was sollen denn die Nachbarn denken, wenn er in den alten Klamotten herumläuft?"

Ist ein tolles Gefühl, wenn man solche
Gespräche als knapp achtjähriger Junge
mitbekommt!!
Was da noch besprochen wurde, habe ich
nicht mehr mit bekommen, denn danach
habe ich immer darauf geachtet, möglichst
nicht zu nahe an die beiden
heranzukommen, ich bin ausgewichen so oft
es ging.

Wieder zu Hause kam dann für Tilly und
mich der nächste Hammer, denn Mama
erklärte uns erst mal welche Aufgaben wir
im Haushalt zu machen haben:

- Jeden Morgen nach dem Aufstehen Zimmer aufräumen und Betten machen (damals noch nur die eigenen.)
- Frühstückstisch decken, Kaffee kochen
- Frühstückstisch abräumen und das Geschirr spülen
- Gästetoilette sauber machen
- Jeden Samstag in jedem Zimmer Staubwischen und Staubsaugen
- Jeden Samstag Gäste-WC und Badezimmer komplett reinigen
- Mehrmals die Woche nachschauen, welche Schuhe geputzt werden müssen. Schuhe putzen.

- Jeden Samstag im Garten helfen (von morgens bis abends) Rasen mähen, Unkraut zupfen, Rasenkanten schneiden, je nach Jahreszeit bei der Ernte helfen

Dieser Garten waren ca. 2500 qm Rasenfläche, rund 150 m Hecke, 15 Apfelbäume, 1 Birnbaum, 2 Kirschbäume und 3 Pflaumenbäume.

Der Nutzgarten bestand aus einem Kartoffelacker mit ca. 800 qm, sowie Beete mit Porree, Zwiebeln, Gurken, Erdbeeren, Stachelbeeren, Rote Beete und Salat.

Unnötig zu sagen, dass natürlich bei der kompletten Verarbeitung mit geholfen werden musste!

Logischerweise blieb von den ganzen Aufgaben alles an mir hängen, denn schließlich war Tilly ja erst vier Jahre alt.

In dieser Zeit hieß für mich Familie: Arbeiten was befohlen wurde und Klappe halten! Wurde eins von diesen beiden Maximen verletzt, gab es Schläge.

Schläge mit allem, was gerade zur Hand war (Kleiderbügel, Stock, Schuh, Faust, Rohrstock oder auch mal den Zollstock).

Natürlich nur für mich, denn schließlich ist
Tilly erst vier und Kinder schlägt man nicht.

WAS WAR ICH DENN????

Der erste Urlaub!

Da wir Ende Juni / Anfang Juli zu den Adoptiveltern kamen war mit Schule erst mal nichts, da die Sommerferien in Kürze beginnen würden.

Deshalb hatten die Eltern die Idee, dass wir alle zusammen für drei Wochen in Urlaub fahren. Nach Österreich sollte es gehen. Und alle zusammen war wörtlich gemeint.

Denn die Großeltern sollten auch mit nach Sankt Johann in Tirol. Damals gab es noch keine Sicherheitsgurte und auf die Idee, dass dieser Opel nur für fünf Personen zugelassen war, kam auch keiner.

Deshalb wurde an einem Abend Ende Juli / Anfang August 1971 der Kadett geladen und für den nächsten Tag um vier Uhr früh fertig gemacht.

Am Abend vor der Fahrt in den Urlaub ging es für Tilly und mich um 17 Uhr ins Bett. Es war ausnahmsweise mal nicht so wichtig, dass wir schnell einschlafen, sondern einfach nur Ruhe hatten und uns vor der großen Fahrt beruhigen können.

Um drei Uhr morgens wurden wir dann geweckt und es ging los. Waschen, anziehen, Betten machen. Also erst mal alles so wie jeden Tag, nur viel früher!

Frühstück an sich viel aus, wir schmierten nur alle zusammen, ein paar Schnitten für unterwegs und es wurde für die Erwachsenen noch frischer Kaffee gekocht. Für die lange Autofahrt, aber auch erst mal für eine schnelle Tasse zum Wach werden.

Tilly und ich tranken ein Glas Milch und dann ging es los. Natürlich nicht ohne dass ich das Geschirr gespült hatte.

Die Großeltern, Papa, Tilly und ich gingen zum Auto, während Mama kontrollierte, ob alle Lichter aus und alle Fenster zu waren.

Wer den Opel Kadett kennt, kann nachvollziehen wie es ist, mit vier Personen auf der Rückbank zu sitzen. Auch wenn Tilly damals erst vier Jahre alt war, wurde es auf dem Rücksitz doch sehr eng! Wir alle waren froh, wenn es eine Pause gab.

Von den drei Wochen kann ich mich fast nur an stundenlange Wanderungen und Spaziergänge erinnern. Ich musste immer genau neben den Eltern oder Großeltern bleiben, während Tilly machen konnte, was sie wollte.

Sie bekam auch immer was sie wollte, denn sie war ja noch „so klein!". Diesen Satz bekam ich ständig zu hören, wenn ich mal einen Wunsch äußerte.

Ob es ein Eis war oder etwas zu trinken. Ergänzt wurde dann auch immer noch: „Dein Vater verdient nicht so viel, dass wir dir immer alles kaufen können!"

Wie schon gesagt, es ging um ein Eis oder etwas zu trinken.

Während der ganzen drei Wochen bekam ich alle naselang zu hören: „Das macht man nicht! Das darf man nicht!"

Was mir noch von diesem ersten Urlaub in Erinnerung blieb, waren die ständigen Ohrfeigen, die es für jede Kleinigkeit gab! Aber nur für mich! Denn schließlich ist Tilly ja noch so klein und kann das alles gar nicht wissen.

Ich dagegen bin viel älter als meine Schwester und muss eigentlich wissen, wie es läuft. In diesem ersten Urlaub habe ich mehr Ohrfeigen bekommen als in den ganzen sieben Jahren davor!

Das schlimmste war für mich, wenn ich dann anfing zu weinen, gab es gleich noch eine geknallt! Bei vielen dieser Ohrfeigen frage ich mich heute noch: „Warum? Wofür?"

Wenn Tilly irgendetwas angestellt hat, bekam ich die Ohrfeigen! Und warum?! Na schließlich war ich der ältere und sie kann diese Dummheiten nur von mir gelernt haben!

Was mir von diesem Urlaub besonders in Erinnerung geblieben ist, war ein Ereignis bei einer Wanderung. Während ich wie gefordert immer bei den Eltern oder Großeltern blieb, lief Tilly immer wieder ziemlich weit vor.

Häufig fing sie auch an, rechts oder links des Weges in die Felsen zu klettern. Bei dieser Kletterei kam sie einem Felsabbruch sehr nahe und wäre beinahe in einen Abgrund gestürzt. Papa konnte im letzten Moment noch zupacken und sie retten.

Jetzt dürfen Sie mal raten, wer wohl dafür ziemlich heftig verprügelt wurde, als wir wieder in der Pension eintrafen!?

Ich konnte ein paar Tage nicht vernünftig sitzen und musste bei 30 Grad im Schatten nur langarmige Shirts oder Pullover tragen. Beide Arme waren mit blauen Flecken übersät, genauso wie mein Hintern.

Dass Tilly fast abgestürzt ist, war nämlich meine Schuld, denn ich als älterer Bruder muss auf so etwas achten und es verhindern. Was ich damals noch nicht ahnte, war, dass sich diese Einstellung von „Mama" durch mein gesamtes Leben ziehen sollte!

Irgendwann endet auch der längste Urlaub und es ging wieder nach Hause. Die Heimfahrt verlief anstandslos und ohne Ohrfeigen.

Was aber nicht heißt, dass unsere Mama sich nicht wieder eine Gemeinheit für die Fahrt einfallen ließ! Während der Fahrt in den Urlaub stellte sich heraus, dass Tilly fast alle Schilder auf der Strecke fehlerlos lesen konnte. Sie war bei einem Lehrerehepaar in Pflege und hatte dort das Lesen gelernt.

Wie bekannt sein sollte, hatte ich bis zu diesem Zeitpunkt die Schule nur zweimal von innen gesehen, konnte also überhaupt nicht lesen.

Um mich mal wieder zu demütigen, musste ich versuchen, jedes Schild am Straßenrand zu lesen. Was natürlich überhaupt nicht funktionierte. Dafür bekam ich dann ständig zu hören „Du bist vier Jahre älter als Dein Schwesterchen, kannst Du überhaupt irgendwas!?"

Dazu kam noch, dass ich nur etwas zu trinken bekam, wenn ich ein Schild lesen konnte. Es war ein sehr heißer Tag, man kann sich also vorstellen, wie es mir ohne Flüssigkeit ging.

Wenn Großvater sich nicht eingemischt hätte, wäre es wahrscheinlich noch schlimmer ausgegangen als nur die Bemerkungen. Großvater meinte nur, lernen kann man sein ganzes Leben lang und wenn ich nicht lesen kann, muss es nicht an mir liegen. Die Pflegeeltern hätten schließlich darauf zu achten, dass ein regelmäßiger Schulbesuch eingehalten wird. Nach diesem Satz war ich erlöst und der Rest der Fahrt war dann angenehmer.

Nach diesem Urlaub waren noch etwa drei Wochen Ferien. Ich versuchte möglichst wenig Zeit zu Hause zu verbringen und war häufig im Garten oder im Ort unterwegs.

Das Verhalten meiner sogenannten Mama setzte sich nach dem Urlaub fort. Es gab fast täglich mindestens eine Ohrfeige, meistens schon wegen Kleinigkeiten.

Innerhalb dieser drei Wochen Ferien erfuhr ich dann auch von den Adoptiveltern, dass sie mich in einer Grundschule angemeldet haben und ich aufgrund meines Alters gleich in die zweite Klasse kommen würde.

Mir graute damals vor dem Einschulungstag, denn ich konnte ja weder lesen noch schreiben. Meine Klassenkameraden hatten schon ein ganzes Schuljahr Vorsprung.

Aber es kam schlimmer als ich mir vorstellen
konnte und das lag nicht an der Schule oder
den Klassenkameraden!

Meine Schulzeit!

Ende August 1971 wurde ich dann zum zweiten Mal in meinem Leben eingeschult. Der Tag fing wie immer mit aufstehen, waschen, anziehen und Bett machen an. Das Frühstück war dann aber alles andere als normal.

Bevor ich etwas essen oder trinken durfte, bekam ich erst mal eine lange Litanei an Verhaltensregeln mit auf den Weg.

Ein kurzer Ausschnitt:

1. Nach dem Unterricht auf schnellstem Weg nach Hause

2. Nur sprechen, wenn der Lehrer mich direkt anspricht

3. Klassenkameraden werden mit Respekt behandelt, denn schließlich sind die mir ja himmelhoch überlegen

4. Freundschaften schließen ja, aber nicht mit Negern oder Katholiken, denn schließlich wären wir evangelisch

Die Liste war viel, viel länger als jetzt hier geschrieben, aber es sollte mir im Laufe der Zeit noch aufgehen, dass das von Mama sehr ernst gemeint war.

Ich bin mir im Klaren, dass man nicht Neger sagt, aber so hat sie es damals nun mal zu mir gesagt!

Dass sie Punkt 4 der Liste sehr ernst nahm, sollte mir im Laufe der Jahre noch bewusst werden. Es wurde auch immer deutlicher, dass sie eine Rassistin war! Alles was nicht Deutsch und nicht weiß war, war Abschaum und Verbrecher!!

Als sie die Liste endlich beendet hatte, durfte ich dann frühstücken. Leider hat sie die Liste nicht in geschriebener Form abgefasst, dies sollte mich noch einige Ohrfeigen und sogar heftigste Prügel vonseiten der Adoptiveltern kosten!

Den Weg zur Schule hatte mir Papa schon während der Ferien gezeigt und wir sind in auch mehrere Male zusammen abgelaufen. Am ersten Tag bin ich aber mit dem Auto zur Schule gebracht worden, in Begleitung der ganzen Familie.

Als Erstes mussten wir uns beim Schuldirektor melden und alle Schulbücher und sonstigen Utensilien, welche die Schule zur Verfügung stellte entgegennehmen. Der Direktor sagte noch einige Worte zu mir, unter anderem wollte er mir Mut machen und die Angst vor dem Neuen nehmen.

Nach etwa einer Stunde beim Direktor brachte er mich zu meiner Klasse und stellte mich den Klassenkameraden vor.

Es war schon eine komische Situation so vor der Klasse zu stehen und nicht eine einzige Person zu kennen.

Der Klassenlehrer stellte sich mir vor und machte mir auch Mut, die neuen Kameraden einfach in der Pause mal anzusprechen und mich nicht irgendwo in einer Ecke zu verstecken.

Vom Unterricht habe ich nicht viel verstanden, da ich ja Schule und Unterricht nicht kannte. Mathematik, Deutsch und andere Fächer waren für mich böhmische Dörfer.

Umso mehr blieb mir die Pause in Erinnerung, denn viele der Klassenkameraden wollten sofort von mir wissen, woher ich komme, wer ich bin und seit wann ich im Dorf wohnen würde. Innerhalb sehr kurzer Zeit hatte ich mehrere gute Freunde gefunden.

Alle nahmen mich sehr gut auf und im Laufe des Schuljahres wuchsen wir zu einer starken Klassengemeinschaft zusammen. Nach dem ersten Unterricht stellte sich heraus, dass drei Klassenkameraden denselben Schulweg hatten wie ich.

Also war jede Angst, die ich vor diesem Tag und den neuen Kameraden hatte, völlig unbegründet.

Der Horror wartete aber zu Hause auf mich. Ich war kaum zur Haustür rein, wurde ich auch schon von Mama mit den Worten in Empfang genommen: „Jetzt sofort essen und den Rest des Tages wird gelernt!"

Kein „Hallo, wie war es denn und hast Du schon jemanden kennengelernt?" Ich hatte noch nicht mal die Schultasche oder die Jacke abgelegt.

Wie ernst sie es meinte, lernte ich sofort als ich etwas gegessen hatte.

Nach dem Geschirrspülen musste ich sofort mit ihr an den Esszimmertisch und erst mal alle Bücher etc. vorzeigen. Nach dem dann geklärt war, dass ich mit allen Schulsachen einschließlich der Tasche besonders sorgfältig umzugehen habe, bekam ich gleich einen Vorgeschmack, was passieren würde, wenn ich das nicht tun würde. Es gab nämlich erst mal eine Ohrfeige, weil an meiner Schultasche ein kleiner Fleck war.

So begann ein Martyrium, welches etwa ein Jahr dauern sollte. Jeden Tag nach der Schule wurden Hausaufgaben gemacht und lesen, schreiben und Mathematik gebüffelt.

Schließlich musste ich ja ein ganzes Schuljahr aufholen.

Die Schläge, die ich in dieser Zeit bekommen habe, hätten eigentlich für ein ganzes Leben gereicht.

Manchmal gab es auch Ohrfeigen, weil sie ja mit mir lernen musste und sonst nichts unternehmen konnte.

Im Laufe dieses Schuljahres sollte ich ihr ganzes Arsenal an schmerzhaften, ja schon fast perversen Strafen kennenlernen. Diese Strafen benutzte sie auch über die ganzen Jahre nur bei mir. Ohrfeigen waren das Geringste an Schmerzen, dass sie mir zufügte.

Am liebsten kniff sie mit Daumen und Zeigefinger in den Arm und drehte sie dabei auch noch. Die blauen Flecken, die sie mir damit zufügte, kann man gar nicht zählen.

Ich musste immer meine Arme bedecken, damit diese Flecken nicht in der Schule auffielen. Wenn jemand sie sehen sollte, hatte ich mir gefälligst eine Ausrede einfallen zu lassen. Für diese Ausreden gab es dann zu Hause wieder Schläge, denn man lügt nicht!

Aber es ging noch besser. Wenn sie keine Lust hatte zu kneifen hat sie mir mit Schuhen dann eben heftig gegen die Schienbeine getreten. Das gab dann auch blaue Flecken. Was dann zu tun war, habe ich ja schon erzählt. Also noch mehr Schläge!

Außer schlagen und treten gefiel es ihr aber auch wahnsinnig gut, Kopfnüsse zu verteilen, sozusagen als Massenware.

In diesem Schuljahr gingen bestimmt fünf Brillen von mir zu Bruch wegen der Ohrfeigen. Das gab dann noch mehr Schläge, weil ich sie ja dazu gezwungen habe mich zu schlagen.

Häufig gab es, wenn Papa nach Hause kam, nochmal richtig Schläge, da Mama ihm alles Mögliche an Geschichten (Lügen) erzählte und in dazu aufforderte, mich als Strafe zu verprügeln. Ein Wunder ist es eigentlich, dass ich überhaupt zwei Kinder bekommen habe.

Ob Sie es glauben oder nicht, sie schreckte nicht mal davor zurück, mir mit Stahlkappen verstärkten Schuhen zwischen die Beine zu treten! Und das nicht nur einmal.

Am Ende des zweiten Schuljahres war ich nicht nur ebenso weit im Lehrstoff wie die Mitschüler, ich war Klassenbester.

Aber nicht durch die Behandlung von Mama, sondern dank der Hilfe von allen Mitschülern und dem Verständnis der Lehrer!!

Wenn ich nicht meine Freunde in der Grundschule gehabt hätte, wäre ich wahrscheinlich durchgedreht. Während dieser ganzen Zeit waren die Schulstunden und die Nachmittage mit meinen Freunden Erholung für mich.

Mit dem Unterrichtsstoff hatte ich überhaupt keine Probleme mehr, sondern schrieb immer nur gute Noten. Wahrscheinlich auch deshalb, weil es für eine 3 als Belohnung Schläge oder sonstige Repressalien gab.

Am Ende des vierten Schuljahres wurde ein landesweiter Test für alle Grundschulen geschrieben. In diesem Test kam der gesamte Stoff der vier Schuljahre vor. Kommentar von Mama: „Du bist sowieso zu doof und wirst irgendwo am Ende der Liste landen!"

Als das Ergebnis nach mehreren Wochen bekannt gegeben wurde, bekam ich von ihr nur zu hören: „Na ja, blindes Huhn findet auch mal ein Korn!"

Dass ich bei diesem Test bester Schüler des gesamten Schulkreises bzw. Landkreises war, war ihr anscheinend egal.

Nur Papa und die Großeltern waren begeistert über diesen Fortschritt.

Unser Klassenlehrer sagte vor der ganzen Klasse zu mir: „Du bist nicht nur der Beste des gesamten Schulkreises, sondern mit großem Abstand vor der zweiten auf der Liste"!

Diese zweite war eine Klassenkameradin, mit der ich die ganzen Jahre der Grundschule den Platz des Klassenbesten teilte.

Da auch mein Abschlusszeugnis sehr gut war, gab es für Mama und Papa nur einen weiteren Weg für mich: Das Gymnasium! Gesagt, getan. Ab dem nächsten Schuljahr sollte ich das nächstgelegene Gymnasium besuchen.

Dass das jeden Tag 40 Kilometer Busfahrt bedeutete, fiel da nicht ins Gewicht. Ein paar Mitschüler aus der Grundschulklasse besuchten ebenfalls das Gymnasium und fuhren auch jeden Tag mit im selben Bus. Wir kamen alle in die gleiche Klasse. So war man von Anfang an wenigstens nicht alleine unter Fremden.

Seit dieser Zeit hasse ich es, mit dem Bus zu fahren. Es gab keinen Tag, an dem ich ohne Kopfschmerzen nach Hause kam, weil ich diese Fahrten einfach nicht vertragen habe.

Es stellte sich allerdings später heraus, dass das eine ausgewachsene Migräne war, allerdings psychosomatisch!

Von 1974 bis 1977 war ich auf diesem Gymnasium. Auf dieser Schule gehörte ich nicht unter die Klassenbesten, im Gegenteil ich musste jeden Tag kämpfen.

Aber für meine Adoptiveltern kam es nicht infrage, mich von der Schule zu nehmen und auf die Realschule zu schicken. Also kämpfte ich weiter und machte mich möglichst unbeliebt bei den Lehrern.

Ich brachte es fertig, dass mein Englischlehrer sich dazu hinreißen ließ, mir eine Ohrfeige zu verpassen. Das ergab natürlich eine Tracht Prügel zu Hause, aber dem Englischlehrer einen schriftlichen Verweis und ein paar Tage Suspendierung. Es verschaffte mir aber den Respekt von sehr vielen Schülern des Gymnasiums.

In diese Zeit fällt auch die erste und einzige schwere Straftat von mir. Ich hatte Glück, dass mich der Physiklehrer nicht angezeigt hat. Ich habe damals von ihm einen Brief an meine Eltern mitbekommen, in dem er schrieb, dass meine Leistungen in Physik sehr schlecht wären und er bat um einen Gesprächstermin.

Da ich bis dahin schon sehr viele Schläge zu Hause eingesteckt hatte, wollte ich nicht noch mehr Ärger haben und habe den Antwortbrief und die Unterschrift darauf gefälscht.

Dumm nur, dass ich sämtliche Anreden kleingeschrieben habe und es dem Lehrer sofort auffiel.

Als ich nach Hause kam, gab es direkt an der Haustür eine ganze Batterie von Schlägen und mehrere Tritte zwischen die Beine.

Der Lehrer hatte angerufen und meine Schandtat weiter gegeben. Sie können sich vorstellen, wie der Rest dieses Tages war. Ziemlich schmerzhaft und mit sehr viel Arbeit für Physik ausgefüllt.

Im Raum stand auch noch die Drohung von Mama, dass Papa ja noch um 23 Uhr von der Spätschicht nach Hause kommt und ich dann mein blaues Wunder erleben würde. Sie sollte Recht behalten, denn kurz nach 23 Uhr wurde ich brutal geweckt.

Papa stand zornesrot neben dem Bett und hat mit allem auf mich eingeschlagen, was er greifen konnte. Er hat so lange nicht aufgehört, bis zwei Kleiderbügel aus Hartplastik, ein Zollstock aus Holz und ein Gehstock komplett in kleinen Einzelteilen in meinem Bett verteilt waren.

Zum Abschluss gab es nochmal mehrere Ohrfeigen von Mama und dann knallte die Zimmertür ins Schloss. Unnötig zu erwähnen das der Rest der Nacht sehr schmerzhaft und Schlaflos war.

Am nächsten Morgen wurde mir nur gesagt, dass ich die blauen Flecken zu verstecken habe und ich fürs Erste zwei Monate Hausarrest hätte.

Die erste Woche sollte ich mich nicht wagen, aus dem Zimmer zu kommen, außer zur Schule oder auf Toilette zu gehen. Dass mein ohnehin schon sehr mickriges Taschengeld komplett gestrichen war, ist wohl jedem klar.

Die schlimmste Strafe war aber, dass keiner mehr mit mir gesprochen hat. Weder die Adoptiveltern, noch die Großeltern oder meine Schwester.

Mir war damals schon klar, dass das haarscharf an einer Jugendstrafe vorbeiging, aber ein Kind dermaßen zu schlagen und mit Verachtung zu begegnen war nicht in Ordnung.

Leider interessierte es niemanden in der Umgebung, was bei uns zu Hause abging, obwohl ich auch Schläge und Tritte im Garten bekam.

Vom Jugendamt, das eigentlich mehrere Kontrollen machen sollte, war in den ganzen Jahren nie einer bei uns zu Hause.

Ich selber kam auch nicht auf die Idee, etwas gegen diese ständigen Schläge und Tritte zu unternehmen, denn es stand immer die Drohung von Mama in der Luft: „Solltest Du irgendjemand etwas von Zuhause erzählen, lasse ich Dich vom Jugendamt abholen. Eigentlich gehörst Du ja jetzt schon dorthin, Du Missgeburt!"

Dies war noch die harmloseste Bezeichnung, die sie mir angedeihen ließ!

Ich möchte diese Liste an Schimpfwörtern oder Bezeichnungen, die sie für mich hatte, hier nicht wiederholen, da diese so erniedrigend sind, dass man sie nicht niederschreiben kann.

Das Verhalten von dieser Frau würde heute mehrere Jahre Gefängnis bedeuten, alleine schon wegen Misshandlung Schutzbefohlener. Aber das wusste ich damals nicht.

Irgendwann mussten dann auch Mama und Papa einsehen, dass das Gymnasium doch nicht das Richtige für mich war und ich ging von 1977 bis 1982 auf die Realschule im Ort.

Wer jetzt nach gerechnet hat, wird festgestellt haben, dass das doch irgendwie ein Jahr zu viel ist.

Stimmt, denn ich habe mich Ende des neunten Schuljahres in die achte Klasse zurücksetzen lassen, weil meiner Meinung nach das Zeugnis des neunten Schuljahres nicht gut genug werden würde.

Zu dieser Zeit hat man sich mit dem Jahreszeugnis des neunten Schuljahres schon für die weiter gehenden Schulen oder für eine Lehrstelle beworben. Das Zeugnis der neunten Klasse hätte eine Durchschnittsnote von 4.6 ergeben, sodass an eine Bewerbung gar nicht zu denken war.

Mama und Papa waren zwar erst nicht einverstanden, aber zum Schluss waren sie doch überzeugt von dieser Lösung.

Wie gut diese Entscheidung war, zeigte sich am Schuljahresende, denn der Durchschnitt lag dann bei 3.4 Die Schulzeit endete dann 1982 für mich mit dem Abschluss der Realschule und der Qualifikation für alle weiter führenden Schulen.

Der Notendurchschnitt war 3.0 Der einzige Kommentar meiner Mutter: „Na ja, das geht auch besser!"

Anfang des zehnten Schuljahres hatte ich mich schon für eine Lehre bei verschiedenen Arbeitgebern beworben.

Da ich schon während meiner Schulzeit in den Sommerferien immer ein paar Wochen bei zwei Schreinereien gearbeitet habe, wollte ich gerne Schreiner werden.

Das Geld, was ich dort verdient habe, durfte ich zum großen Teil behalten und mir davon sogar ein paar Wünsche erfüllen. Dazu aber später mehr.

Schreinerlehre ging aber nicht. Ein Klein geht zur Deutschen Bundesbahn, zur Polizei oder zum Bundesgrenzschutz. Ein einfacher Handwerker ist viel zu tief unter ihrem Niveau.

Von der Deutschen Bundesbahn bekam ich gar keine Antwort. Vom Bundesgrenzschutz kam ein sehr freundlicher Brief mit der Absage aus gesundheitlichen Gründen.

Ich bin schon seit meiner frühesten Kindheit Brillenträger und laut BGS sind es zu viele Dioptrien, die ein scharfes Sehen ohne Brille unmöglich machen. Eine Operation oder Kontaktlinsen waren nie möglich.

Der Brief vom Bundesgrenzschutz endete mit der Bitte, keine weiteren Bewerbungen an den Grenzschutz oder die Polizei zu senden, da dieser „Fehler" eine Einstellung beim Bundesgrenzschutz und der Polizei unmöglich machte.

Von Mama bekam ich zu hören: „Ist doch klar, wenn man schon zu blöd zum Schreiben und Lesen ist, kann das ja auch nichts werden! Dann müssen wir uns wohl damit abfinden, dass wir den Faulenzer und Idioten noch ein paar Jahre auf der Tasche liegen haben!!"

Was vom Bundesgrenzschutz als Ablehnungsgrund genannt wurde, war ihr egal. Ich war eben ein Verlierer und zu nichts zu gebrauchen.

Beide Schreinereien, in denen ich Ferienjobs hatte, würden mich sofort als Lehrling nehmen, aber ich durfte nicht. Ich war damals noch nicht ganz achtzehn und hatte mich ihrem Willen zu beugen.

Eines Tages kam sie zu mir mit einem Zettel in der Hand. Es war ein Kalenderblatt, in dem Auszubildende zum Staatlich anerkannten Erzieher gesucht wurden.

Da sollte ich mich sofort bewerben, denn es hatte auch den Vorteil für Sie, dass die Ausbildungsstätte fast 200 Kilometer kurz vor der holländischen Grenze war.

Die Ausbildungszeit betrug vier Jahre und beinhaltete ein Jahr Vorpraktikum in einer der Einrichtungen des Ausbildungsbetriebes.

Danach zwei Jahre Fachschule für Sozialpädagogik und zum Schluss ein Anerkennungsjahr in den eigenen Einrichtungen für die staatliche Anerkennung als Erzieher.

Alleine schon die Aussicht, mich für vier Jahre nur selten zu sehen, gab für sie den Ausschlag, mir diesmal ganz besonders bei den Bewerbungsunterlagen auf die Finger zu schauen.

Außerdem gab es für das Vorpraktikum schon ca. 900 DM an Vergütung, also ein schönes Sümmchen, dass sie mir an Kost und Logis zu Hause abnehmen konnte.

Ich bekam die Stelle. Obwohl ich in den vier Jahren fast nie zu Hause war, verlangte sie von mir jeden Monat im ersten Jahr 800 DM. Wie ich mit dem Rest zurechtkam, war ja nicht ihr Problem.

Das Schlimmste für mich in dieser Zeit war, dass ich kurz, nachdem ich die Lehre dort als Erzieher angefangen habe, nahm sie mir die Hausschlüssel weg und mein Zimmer. Ich bekam ein Schrankbett im Büro von Papa.

Noch nicht einmal einen eigenen Kleiderschrank hatte ich, sondern nur einen kleinen Teil in einem Aktenschrank.

Ich gehörte für sie nicht mehr zum Haushalt und zur Familie. Dies hat sie mir mehrfach mit einem Grinsen im Gesicht mitgeteilt.

Im ersten und zweiten Schuljahr auf der Fachschule musste ich dann auf meinen Namen einen Kredit aufnehmen, da Mama und Papa mich nicht unterstützen wollten. Also hatte ich nach den ersten drei Jahren 28.800 DM Schulden bei meiner Ausbildungsstelle.

Der Kredit war zwar zinsfrei, aber trotzdem war es ja eine ganze Menge, die ich ja auch irgendwie zurückzahlen musste. Das war vor allem Mama völlig egal.

Während meiner Bundeswehrzeit brachte ich es irgendwann so weit, dass ich diese Summe zurückzahlen konnte.

Nach der Schulzeit, vor der Lehre

Nach dem ich im Juni 1982 die Schule abgeschlossen hatte, habe ich mir einen Job gesucht, bis die Lehre anfing.

Da die Schulzeit bereits Mitte Juni endete und meine Ausbildung erst am 1. September anfangen sollte, habe ich bis Ende August in einer der beiden Schreinereien als Aushilfe gearbeitet. Ich bekam etwas weniger als ein Geselle, aber eine ganze Ecke mehr als ein Auszubildender im dritten Lehrjahr.

In den ersten beiden Wochen zeigte mir der Juniormeister erst mal, wie die einzelnen Maschinen gehandhabt werden. Danach bekam ich Aufgaben für verschiedene Aufträge und habe den beiden Meistern (Vater und Sohn) und dem Gesellen zugearbeitet.

Nach relativ kurzer Zeit sollte ich mir morgens meinen Werkzeugkasten nach Anweisung fertig machen und wurde vom Meister zu den Kunden hingefahren. Nach kurzer Einweisung ließ er mich allein bei den Kunden und holte mich nach Beendigung der Arbeiten wieder ab. 7

Ich hatte damals noch keinen Führerschein. Mit dem Verdienst wollte ich mir ein sehr gutes Rennrad kaufen und den Führerschein machen.

Das Geld durfte ich zuerst auch alles für mich behalten, aber nachdem ich das Fahrrad gekauft hatte, kam alles anders. Dazu später mehr.

Es gab in dieser Zeit keinerlei Beschwerden oder Reklamationen von der Kundschaft. Aber mehrmals die Frage vom Meister und Juniormeister, ob ich denn nicht doch die Lehrstelle bei Ihnen antreten wolle, denn schließlich wäre ich ja handwerklich schon so weit wie ein Lehrling im dritten Lehrjahr und eine sehr gute Ergänzung für den Betrieb!

Wenn es nach mir gegangen wäre, hätte ich die gerne Schreinerlehre gemacht. Ich war damals zwar schon fast achtzehn Jahre alt.

Aber von Mama kam ein unmissverständliches: „Solange Du Deine Füße unter meinen Tisch streckst, hast Du zu tun, was wir wollen. Was Du willst oder auch nicht ist mir völlig egal!"

Also habe ich am 1. September 1982 die Ausbildung zum Staatlich anerkannten Erzieher begonnen.

Geld ist doch Alles!

In den Schulferien und vor meiner Ausbildung habe ich immer gejobbt, um mir ein paar Wünsche zu erfüllen. Dazu kam eine nicht so kleine Summe von meiner Konfirmation.

Ich bekam während der Grundschulzeit eine Eisenbahn Spur HO zu Weihnachten. Um diese zu vergrößern und den Fuhrpark an Lokomotiven zu ergänzen, habe ich dafür einiges an Lohn ausgegeben. Außerdem habe ich mir eine Stereoanlage für mein Zimmer gekauft.

Eine Allwetter-Tischtennisplatte und ein einfacheres Fahrrad hatte ich mir von meinem Konfirmationsgeld zugelegt. Obendrein legte ich mir eine zwölfseitige Gitarre zu. Es waren noch einige Kleinigkeiten, die aber nicht der Rede wert sind.

Noch einmal zu dem Verdienst als Aushilfe in der Schreinerei. Ich habe dort sehr gut verdient für einen Aushilfsarbeiter, also wollte ich, wie weiter vorne erwähnt, ein sehr gutes Rennrad kaufen und den Führerschein machen.

Das Rennrad habe ich mir gekauft, weil ich wusste, dass ich es während meiner Ausbildungszeit sehr gut verwenden konnte. Ein paar Tage, nachdem ich das Fahrrad gekauft hatte, kamen meine Adoptiveltern zu mir in den Garten.

Dort war ich, wie mir aufgetragen wurde, mit einem Rasenmäher zu Gange.

Mama fing gleich an: „Wir wissen, dass Du auf Deinem Konto noch etwa 2300 DM hast. Dieses Geld holst Du morgen von Deinem Konto und übergibst sie an uns.

Wir haben bei der Volksbank mehrere Konten aufgelöst, weil die uns sehr mies behandelt haben. Leider haben wir vergessen zwei Daueraufträge zu beenden und die Bank hat drei Monate lang diese Aufträge weiter ausgeführt.

 Jetzt haben wir 2000 DM Schulden bei der Bank und diese hat uns aufgefordert, den Betrag morgen zu begleichen, sonst würden Zwangsmaßnahmen eingeleitet! Du siehst also wir brauchen unbedingt das Geld, also los und abholen!"

Papa mischte sich ein und sagte zu mir, es würden nur 2000 DM von mir benötigt, den Rest könne ich behalten.

Außerdem wäre es ja nur geliehen und ich
bekäme es noch im laufenden Jahr
zurückerstattet. Auf diese Erstattung warte
ich noch heute!

Ich habe ihnen also die 2000 DM am
nächsten Tag gegeben. Komischerweise kam
noch am selben Tag eine Lieferung von
einem Baustoffhandel: ein edler Betongrill
für die Terrasse! Ich bin immer noch der
Überzeugung, dass er von meinem Geld
bezahlt wurde und die Geschichte von den
Problemen mit der Bank gelogen war!

Es war auch sehr auffällig, dass es bei den
lautstarken „Diskussionen" fast immer um
Geld ging. Sie war sehr geldgierig und hat
jede Chance genutzt, durch ihre Familie an
Geld zu kommen.

Sie selber hat höchstens bei ihrem
Arbeitsplatz ein wenig gearbeitet. Als dort
Computer für die Datenverarbeitung
eingeführt wurden, war sie mehrere Wochen
krankgeschrieben, weil sie völlig
überarbeitet war. Sie kam überhaupt nicht
mit den Computern bzw. mit den
Programmen zurecht.

Dies hatte ausnahmsweise mal einen Vorteil
für mich, denn sie wollte dann unbedingt
einen Commodore C128D für zu Hause
haben, um dort üben zu können.

Zum Üben kam es nie, also habe ich meine ersten Schritte am PC machen können. Das muss etwa 1987 gewesen sein.

Mama hat dann auch nicht mehr lange gearbeitet, da sie sich im Winter zweimal auf dem Weg zur Arbeit jeweils zwei Rückenwirbel gebrochen hat. Danach ging sie als 100 % arbeitsunfähig eingestuft in Frührente.

Dafür war Papa dann mehr als 12 Stunden jeden Tag unterwegs. Er musste bei der Deutschen Bundesbahn aufhören, weil er als berufsunfähig eingestuft wurde. Er hat in den ersten Jahren, die wir bei den Adoptiveltern verbrachten, als Schrankenwärter im Dreischicht Dienst an einem Bahnübergang gearbeitet.

Ich war manchmal sonntags, wenn er die Frühschicht hatte, mit ihm auf der Arbeit.

Ein paar Monate später hat er eine lange und sehr schwere Fortbildung zum BHaufsST (Betriebshauptaufseher Stellwerk) erfolgreich abgeschlossen. Ab diesem Zeitpunkt war er in einem großen Stellwerk als Kolonnenführer eingesetzt. Allerdings auch im Dreischicht Betrieb.

Diesen Wechseldienst hat er über 25 Jahre durchgehalten.

Irgendwann kam er nach Hause und war am ganzen Körper mit eitrigen kleinen Bläschen bedeckt. Die Ärzte gingen erst von den Mandeln als Ursache aus, also wurden sie entfernt.

Am selben Tag wie die OP fragte er den Arzt, wie lange er nicht rauchen sollte. Dieser gab ihm den Rat, ganz aufzuhören, denn auch die Zigaretten hätten zu diesem Ausschlag beigetragen.

Schwierig für Papa, denn bis dahin hat er jeden Tag vier Schachteln Glimmstängel vernichtet, wenn es ihm nicht gut ging, eher sechs! Er hat seit diesem Tag nicht eine Zigarette angefasst und wurde zu einem militanten Nichtraucher!

Allerdings hat die Mandeloperation und auch das weg lassen der Zigaretten nichts bei seinem Ausschlag bewirkt. Er war damals etwa sechs Monate krankgeschrieben und nur zu Hause.

Es gab also weniger Einnahmen, dafür aber sehr viele Gründe zum Streiten ums Geld mit Mama.

Irgendwann gegen Ende der sechs Monate fiel dann auf, dass der Ausschlag immer weniger wurde und dann ganz verschwand. Es war psychosomatisch und Stressbedingt!

Papa konnte wieder arbeiten, aber nicht auf
dieser Arbeitsstelle bzw. in diesem Bereich.
Die Bahn machte dann noch mehrere eigene
Untersuchungen und schnitt ihm dafür sogar
ein relativ großes Stück Haut aus der
Innenhand heraus.

Das Ergebnis war dasselbe, wie bei den
Ärzten vorher. Die Vorgesetzten brauchten
noch drei Monate, um mehrere Vorschläge
für eine andere Arbeitsstelle anzubieten. Das
Problem bei allen Arbeitsstellen war, dass sie
alle hoch im Süden Deutschlands lagen.

Da Tilly und ich aber noch schulpflichtig
waren und das noch nicht abgezahlte Haus
zu dem Zeitpunkt sehr schlecht zu verkaufen
war, lehnte er alle Vorschläge ab. Zudem gab
es ja da auch noch die Großeltern.

Die einzige Lösung war letztendlich Papa in
Pension zu schicken. Er war lange genug als
Beamter beschäftigt gewesen, dass er ganz
normal in Pension geschickt werden konnte.
Allerdings war die Pension nicht so hoch wie
sein Verdienst vorher, denn es gab ja keine
Schichtzulage und auch kein Nacht- und
Feiertagszuschlag. Auch der Zuschlag für
sonntags fiel weg.

Nach ein paar Wochen gab Mama ihm unmissverständlich zu verstehen, dass er ein riesiges Weichei wäre und sich gefälligst einen gut bezahlten Job suchen solle.

Er war ein paar Tage später als Hilfskraft in einem metallverarbeitenden Betrieb tätig. Hauptsache Geld und Ruhe vor den ständigen Angriffen von Mama. Dies sagte er zwar nicht, aber es war ihm anzumerken. Mama hat sich fürchterlich geschämt, dass er nur Hilfsarbeiter war. Was sollen nur die Nachbarn denken?

Außerdem gab es da ja auch noch die Familie und die Freunde und Bekannten. Wichtig hierbei war das Papa noch 10 Geschwister hatte und von denen war keiner Hilfsarbeiter.

Zum Glück wurde Papa nach ein oder zwei Monaten von einem Vorstandsmitglied der Gewerkschaft der Polizei angesprochen. Er sei auf Papa aufmerksam geworden durch einen Bekannten, den Papa und er kennen.

Er sollte nach einer vierwöchigen Einarbeitung Geschäftspartner für das Beamten-Selbsthilfewerk (BSW) anwerben. Wenn sich jemand für nähere Angaben über das BSW interessiert, Google geht immer!

Zudem solle er Anzeigen für eine Werbelandkarte der Gewerkschaft verkaufen. Die Gewerkschaft würde für jede verkaufte Anzeige einen festgelegten Prozentsatz als Provision zahlen.

Das BSW rechnet nach Provision ab und nach Art und Größe des neuen Geschäftspartners. Lohnen würde sich das ganze natürlich nur, wenn man sich richtig reinhängt und viel Zeit und Kraft aufbringt.

Mama war natürlich damit einverstanden und so begann Papa eine neue Karriere in der freien Wirtschaft. Er war fünf Tage die Woche bis zu 14 Stunden unterwegs und am Wochenende kam dann der Schriftkram.

Damit er in Ruhe arbeiten konnte, wurden sogar die Garage und der Öltankraum umgebaut. Nach längeren lauten Diskussionen, in denen Mama grundsätzlich das letzte Wort hatte, führte er mehrere Telefonate.

Er fragte bei der Gewerkschaft der Polizei und beim BSW an wegen einer Kostenübernahme. Und wen wundert es, beide bezahlten die gesamte Büroeinrichtung und einen Teil vom Garagenumbau!

Man sollte aber nicht vergessen, dass diese Telefonate im Grunde genommen, von Mama geführt wurden.

Sie hatte Papa für beide Telefonate einen
Text gegeben, nachdem er sich richten sollte.
Also war es mal wieder eigentlich ihr
Verdienst, dass Papa die neue Stelle antreten
konnte.

Es verging in den nächsten Wochen kein
Tag, an dem sie sich nicht mit dieser Hilfe
brüstete.

Auch wenn es einem schwerfällt es zu
glauben, aber sie hatte Freunde! Wenn die
bei uns im Haus waren, nannte sie Papa in
deren Gegenwart ein Weichei und
Pantoffelheld, der ohne sie ein Niemand
wäre. Papa hat sich nie gewehrt. Auch dann
nicht, wenn die Freunde weg waren, hat er
sie zur Rede gestellt.

Natürlich könnte man ihn als Weichei und
Pantoffelheld bezeichnen, aber er hat einfach
nur irgendwann die Gegenwehr aufgegeben,
um seine Ruhe zu haben. Ich bin heute noch
der Meinung, dass er jeden Tag so lange
wegblieb, damit es nicht schon wieder
Diskussionen und Beschimpfungen hagelte.

Die Wochenenden blieb er wohl aus
demselben Grund die meiste Zeit in seinem
Büro.

Aber er hatte auch viel Freude an seiner Arbeit, da er jeden Tag neue Menschen kennenlernte und in immer mehr Geschäften und Betrieben Prozente beim Einkaufen bekam.

Der Lohn war auch nicht zu verachten und so hat er bis zu seinem Lebensende im Jahr 1995 in diesem Job gearbeitet. Mama hatte in dieser Zeit immer neue Wünsche, die gefälligst zu erfüllen waren, koste es was es wolle. Sie hat das hart verdiente Geld von Papa in Massen in die Geschäfte gebracht.

Taschengeld bekam ich natürlich nicht, denn dann hätte sie ja weniger gehabt. Tilly bekam natürlich vom ersten Tag an Taschengeld.

Da sie ja irgendwann arbeitsunfähig war, haben Tilly und ich fast den ganzen Haushalt geschmissen, denn eine Haushaltshilfe hätte ja Geld gekostet.

Die Krankenkasse hat ihr damals vorgeschlagen, eine Haushaltshilfe in Anspruch zu nehmen, die mit der Krankenkasse abrechnet. Aber da sie niemandem traute, kam das für sie nicht infrage. Außerdem hatte sie ja schließlich zwei Kinder, die dafür, dass sie bei ihr wohnen und essen durften, auch was für sie tun konnten.

Sogar gekocht haben wir sehr häufig. Ich habe ja schon erwähnt, dass ich mir das Geld für den Führerschein hart erarbeitet habe. Ich musste es ja dann zum größten Teil meinen Eltern „leihen".

Da ich den Adoptiveltern nicht mehr traute, habe ich innerhalb der nächsten 12 Monate alles gespart, was ich erübrigen konnte.

Anfang des Jahres 1984 hatte ich dann ca. 1500 DM zusammen und einen längeren Urlaub. In diesem Urlaub habe ich mich für die sogenannte Ferienfahrschule angemeldet.

Innerhalb von drei Wochen habe ich jeden Tag die Theoriestunden absolviert. Außerdem bin ich zwei Wochen lang bei fast jedem anderen Fahrschüler in den Praxisstunden als Lernender mit gefahren.

 Ich würde es heute auch wieder so machen, denn es war sehr lehrreich. Eigene Praxisstunden hatte ich damals nur die gesetzlich vorgeschriebenen, zusammen mit der Prüfungsstunde genau sieben.

Nach drei Wochen wurden dann die Theorieprüfung und die praktische Prüfung an einem Tag durchgeführt. Wer die Theorieprüfung nicht bestanden hatte, konnte sofort nach Hause gehen, denn nur wer die Theorieprüfung bestanden hat, darf an der praktischen Fahrprüfung teilnehmen.

An diesem Tag wurden mehrere Fahrprüfungen für PKW und ein paar für Motorrad durchgeführt. Meine Prüfung dauerte etwa zwanzig Minuten und der Prüfer übergab mir den Führerschein.

Morgens wurde ich noch von Mama verabschiedet mit den Worten: „Rausgeschmissenes Geld, Du schaffst es sowieso nicht, dafür bist zu viel zu dämlich! Für alles zu blöd und zu nichts zu gebrauchen!" Trotz dieser netten Worte habe ich bestanden.

Aber ihre Freude hielt sich in Grenzen. Ihr einziger Kommentar als ich nach Hause kam: „Dafür das Du so dämlich bist und nie für den Führerschein gelernt hast nicht so schlecht!"

Das war ja schon fast ein Lob. Sowas war ich von ihr gar nicht gewohnt. Da mich der Führerschein nicht mal 1000 DM gekostet hat, wollte sie von mir die restliche Summe von meinem Konto für sich einstreichen.

Diesmal habe ich mich aber gewehrt und ihr nicht einen Pfennig überlassen. Sie bestand sofort darauf, dass ich ihr eine Kontovollmacht auszustellen habe.

Da ich zu der Zeit aber volljährig war, konnte sie damit bei mir nichts ausrichten.

Sie bestrafte mich dafür dann damit, dass sie
meine Wäsche nicht mehr gewaschen hat
und mehrere Monate nicht mehr mit mir
sprechen wollte. Beides war mir völlig egal,
da ich selber mit der Waschmaschine
umgehen konnte und auf ihr gesprochenes
Wort keinen allzu großen Wert legte, auf die
schriftlichen allerdings erst recht nicht.

Ich war danach höchstens drei- bis viermal
im Jahr zu Hause. Als Tilly den Führerschein
machen wollte, wurde der natürlich bezahlt,
denn es gab ein Konto, das unser Großvater
für sie angelegt hatte. Wie ich zu dieser Zeit
erfahren durfte, hatte Großvater für Tilly
und auch für mich im August des Jahres
1971 Konten angelegt, auf die monatlich
zehn D-Mark eingezahlt wurden.

Dieses Geld sollte dann zum achtzehnten
Geburtstag an uns übergeben werden.

Rechnen wir doch mal nach kurz nach: Vom
August 1971 bis zum August 1981 sind es
125 Monate. Pro Monat 10 D-Mark ergibt
1250 D-Mark. Diese Summe hätte auf diesem
Konto sein müssen.

Als ich es dann wagte nach meinem Konto
zu fragen, bekam ich zu hören:

„Auch wenn es Dich absolut nichts angeht,
da es ja gar nicht Dein Geld war. Wir wollten
letztes Jahr ein neues Auto und haben das
Geld bei einer Anzahlung mit verwendet!

Du hattest ja keine Ahnung von diesem
Konto und wir brauchten das Geld. Du hast
es ja sowieso nicht verdient, so wie Du mit
mir umgehst!"

Näher erklärt hat sie den letzten Satz nicht,
sodass ich mich heute noch frage:

„Was habe ich gemacht? Wie bin ich denn
mit ihr umgegangen!"

Sie machte sehr gerne nicht verständliche
Bemerkungen, warum könnte sie
wahrscheinlich nicht mal selber erklären.
Tilly bekam ihr erstes Auto bezahlt, ich habe
meines über einen Bankkredit finanziert.
Mein erstes Auto hat 3000 D-Mark gekostet,
das von Tilly 6000 D-Mark.

Argumentation für dieses Vorgehen war,
dass sie ja schließlich in die Schule und zur
Arbeitsstelle kommen muss!

Klar, Schule war einmal in der Woche und
bis dorthin fuhr alle naselang ein Bus.

Die Arbeitsstelle war keinen Kilometer entfernt und konnte sehr gut zu Fuß bewältigt werden.

Ihre Berufswahl zeugte auch von purem Einfallsreichtum. Sie wollte unbedingt staatlich anerkannte Erzieherin werden. Selbstverständlich wurden für alle vier Jahre sämtliche Kosten von den Adoptiveltern übernommen.

Für das benötige Benzin wurde bei einer Tankstelle ein Konto für Tilly angelegt und am Monatsende von Papa beglichen. Dass die Haftpflicht und die Kaskoversicherung nicht von Tilly bezahlt wurde, muss eigentlich nicht erwähnt werden.

Gegen Ende der Ausbildung zum Erzieher stellte ich fest, dass mich dieser Beruf im Laufe der Jahre nervlich viel zu viel belasten würde.

Ich war noch am Überlegen, wie ich das den Adoptiveltern beibringen sollte, da nahm Papa mir die Entscheidung ab.

Ich wurde in der Schule ins Büro gebeten, da dort ein Anruf auf mich wartete. Papa war auf der anderen Seite am Hörer und teilte mir kurz und bündig mit, ich solle meine Koffer packen und am selben Tag die Ausbildung kündigen.

Ich fuhr also mit zwei Koffern mit dem Zug nach Hause. Dort wurde ich sehr eisig in Empfang genommen, aber eine weitere Erklärung gab es keine.

Dies alles ereignete sich Ende Januar/ Anfang Februar 1986. Innerhalb der nächsten 8 Tage habe ich mich dann in der nächsten Musterungsstelle für den Bundeswehrdienst gemeldet. Die Musterung wurde kurz danach in dieser Stelle vorgenommen.

Ich wollte so schnell wie möglich in Lohn und Brot stehen, da ich jeden Tag von Mama zu hören bekam:

„Es wird Zeit, dass Du Dir eine bezahlte Arbeitsstelle suchst, denn allzu lange werde ich Dich hier nicht durchfüttern, Du Schmarotzer!"

Es ging dann auch sehr schnell mit der Einberufung und am ersten April 1986 bin ich mit einem Koffer nach Essen-Kupferdreh in die Luftwaffen-Kaserne eingezogen.

Im Laufe des Februars kam mich Astrid, eine Freundin, die ich von der Ausbildung kannte, besuchen. Mama war nicht da, so kam es dann dazu, dass Papa, Astrid und ich zusammen am Mittagstisch saßen.

Während dem Essen kam dann natürlich auch die Rede auf meine Kündigung.

Hierbei habe ich dann erfahren, dass Papa die Direktorin der Fachschule für Sozialpädagogik telefonisch kontaktiert hat.

Sie hätten ein sehr langes Gespräch geführt, an dessen Ende Papa der festen Überzeugung war, dass ich kündigen muss. Ich wusste bis zu diesem Tag nichts von diesem Telefonat oder von dessen Inhalt.

Das Gespräch wurde nach kurzer Zeit nur noch zwischen Astrid und meinem Papa geführt. Astrid hat bei diesem Gespräch 99 Prozent der Aussagen, die von der Direktorin genannt wurden, mit Leichtigkeit widerlegt. Am Ende dieses Gespräches war Papa dann der festen Überzeugung, dass die Direktorin mich wegen irgendetwas loswerden wollte.

Wenn er das alles vorher gewusst hätte, wäre ich noch dort in Ausbildung. Als Mama dann nach Hause kam, erzählte Papa ihr, was Astrid ihm alles mitgeteilt hat. Sie hat kein Wort geglaubt und sagte zu mir:

„Der Tag ist lang und Astrid kann viel erzählen. Ich glaube nicht ein einziges Wort und Du hast Astrid zu diesen Aussagen gezwungen!"

Dieser Frau war wirklich nicht mehr zu helfen und ich versuchte bis zum ersten April möglichst wenig von meiner Zeit mit der Familie zu verbringen.

Ich habe auch versucht möglichst wenig zu Hause zu essen, habe sogar jeden Tag das Frühstück ausfallen lassen. Abends bin ich immer erst nach dem Essen nach Hause gefahren.

Denn das alles war ja sonst viel zu teuer und ich habe ja schließlich auch Strom verbraucht und die Teppiche und Sitzmöbel abgenutzt. Diese Argumente durfte ich mir fast jeden Tag anhören.

Ich muss dann aber auch erwähnen, dass sie mir im Laufe der nächsten Monate von der zweiten Etage, in der bis zu ihrem Tod die Großeltern gewohnt haben, zwei relativ große Zimmer zur Verfügung stellten. Die Einrichtung war zum Teil von den Großeltern noch da, nur das Bett war mein Schrankbett aus dem ehemaligen Büro von Papa. Ein alter Kleiderschrank hat sich dann auch noch irgendwo her eingefunden.

Die gesamte Einrichtung hat also nichts gekostet, außer ein wenig Knochenschmalz. Das war für Mama das allerwichtigste.

Jawohl Herr Hauptmann!

A b dem ersten April 1986 war ich in der Luftwaffen – Kaserne in Essen-Kupferdreh für drei Monate Grundausbildung stationiert.

Nach vier Wochen habe ich mich entschieden, mich für sechs Jahre zu verpflichten und die Unteroffizierslaufbahn in Angriff zu nehmen.

In Essen war ich bis November 1986. Ab dem vierten Dienstmonat wurde ich als stellvertretender Gruppenführer und Ausbilder eingesetzt.

In dieser Kaserne waren vier Grundausbildungs-, eine Stabs- und eine Instandsetzungskompanie stationiert.

Während meiner Dienstzeit in Essen-Kupferdreh habe ich meine Versetzung zur Luftwaffenkaserne in Erndtebrück beantragt. Dem Antrag wurde stattgegeben und von November 1986 bis zum ersten März 1992 war ich dort stationiert.

In Essen habe ich vor der Versetzung drei Stufe 8 Ausbildungen jeweils mit Auszeichnung bestanden. Stufe acht war eine Einstufung für Mannschaftsdienstgrade.

Nach der Versetzung in die Kaserne Erndtebrück war ich ein paar Monate als Ausbilder und Gruppenführer eingesetzt. Während dieser Monate habe ich die nötige Fachausbildung sowie die Unteroffizierslehrgänge bestanden.

Nach den bestandenen Lehrgängen wurde ich in die Stabskompanie versetzt und blieb dort bis zu meinem Dienstende.

Da in Erndtebrück alle Radarführungsoffiziere der gesamten NATO ausgebildet wurden, gab es eine Ausbildungsgruppe. Diese bestand aus einem Major, einem Hauptfeldwebel und mir, einem Unteroffizier.

Wir drei waren zuständig für den gesamten Schriftverkehr, der mit Ausbildung und Prüfung der Offiziere zu tun hatte. Im Laufe der ersten 10 Monate in dieser Ausbildungsgruppe war ich auf acht Fachlehrgängen der Stufe 7.

Stufe 7 bedeutete zweite Stufe des Fachbereiches für Unteroffiziere. Teilweise habe ich diese Fachlehrgänge mit der Stufe 6 abgeschlossen, d. h. die dritte Stufe des Fachbereiches für höhere Unteroffiziersdienstgrade.

Insgesamt habe ich alle acht Lehrgänge
bestanden, den größten Teil mit
Auszeichnung!

Da Erndtebrück ein NATO-Stützpunkt war,
wurden fast alle Telefonate, der
Schriftverkehr und die
Ausbildungsunterlagen bzw.
Prüfungsunterlagen in Englisch geführt.

Nach den ersten zwei Dienstjahren konnte
ich so perfekt Englisch, dass mich ein
kanadischer Offizier für einen gebürtigen
Amerikaner hielt.

In einem NATO-Stützpunkt werden in
regelmäßigen Abständen Manöver mit der
Besatzung der jeweiligen Kaserne und
mehreren Einheiten anderer Nationen
durchgeführt.

Ich habe an diesen Manövern mehrfach
teilgenommen und wurde in jedem Bericht
mehrfach mit vollem Dienstgrad und Namen
und der Note exzellent eingetragen! Das
passiert sehr selten, dass Einzelpersonen so
ausgezeichnet werden!

In der Kompanie wurde ich vor
versammelter Mannschaft mit einer
schriftlichen Auszeichnung und mehreren
Tagen Sonderurlaub belohnt.

Das geschieht relativ selten und wurde in unserer Kompanie nur einem Oberfeldwebel und mir zuerkannt.

Im letzten Manöver, an dem ich teilgenommen habe, wurde ich fachlich, militärisch sowie mit den mir zugeteilten Soldaten als Fachgruppe mit Exzellent ausgezeichnet.

Also gleich drei Auszeichnungen auf einmal. Zusätzlich wurde ich als Einzelperson wieder mit vollem Namen, Dienstgrad und der Note Exzellent eingetragen!

Dies brachte der Gruppe 3 Tage Sonderurlaub und mir 10 Tage. Meine Auszeichnung war wieder mit vollem Namen und Dienstgrad!

Mein Dienstgrad war Oberfeldwebel nach drei Wehrübungen außerhalb meiner aktiven Dienstzeit.

Vor Ablauf der 6 Dienstjahre wollte ich mich versetzen lassen, da ich während meiner aktiven Dienstzeit in Erndtebrück keine Feldwebelstelle erhalten konnte. Die Personalabteilung der Kaserne half mir und hatte schnell 7 Adressen von freien Dienststellen für Feldwebeldienstgrade gefunden.

Ich bewarb mich schriftlich auf alle diese
Dienststellen. Leider hatte ich das Pech, dass
1991 und 1992 sehr viele Einheiten und
Kasernen geschlossen wurden. Unter diese
fielen gleich fünf der sieben Einheiten.

Die beiden anderen Einheiten interessierten
sich für mich und schrieben mich über die
Personaldienststelle der Kaserne an. Eine der
beiden kam für mich nicht infrage, da ich
dort in die letzte Ecke von Deutschland
ziehen musste.

Die zweite Stelle war in einer Stadt an der
Fulda. Die Personalstelle dieser Kaserne war
an mir interessiert, wegen der fachlich breit
aufgestellten Tätigkeiten und meiner
Englischkenntnisse in Sprache und Schrift.

Nach meiner Zusage für diese Stelle hatte ich
sehr schnell meine Versetzungsverfügung
und die Umzugskostenübernahme.
Innerhalb von zwei Wochen kamen gleich
mehrere Dienstschreiben von der neuen
Dienststelle, in denen mir mitgeteilt wurde,
dass noch nicht klar war, ob ich dort vor Ort
eingesetzt werden könne.

Eher wäre es eine andere Dienststelle dieser
Fachrichtung irgendwo in Deutschland.

Da ich am dritten Dezember 1990 Papa einer
Tochter geworden war, war mir die ganze
Sache nicht sicher genug und ich habe die
Versetzung mit Absprache meines
Kompaniechefs zurückgenommen.

Also verließ ich am 31. März 1992 zum Ende
meiner Dienstzeit die Bundeswehr. In der
Zeit nach der Bundeswehr nahm ich an drei
Wehrübungen als Fachgruppenleiter und
Ausbilder teil. Während dieser
Wehrübungen wurde ich erst zum
Feldwebel, dann zum Oberfeldwebel
befördert. Ein paar Jahre später bekam ich
die Mitteilung, dass ich aus Altersgründen
aus der Alarmreserve entlassen wurde. Es
gab also für mich keine weiteren
Wehrübungen mehr.

Ab diesem Tag konnte ich für mich dann
Bunt anstatt Bund schreiben!

Die Bundeswehrzeit war für mich eine sehr
gute Zeit, denn dort wurden meine
Fähigkeiten jeder Art geschätzt und
gewürdigt.

Während meiner Dienstzeit in der Ausbildungsgruppe habe ich auf Wunsch des Fachgruppenleiters, einem Major, sehr viele, um nicht zu sagen, hunderte an Formblättern entwickelt, die dann in allen Ausbildungsgruppen dieser Fachrichtung genutzt wurden.

Die Computerarbeit lag mir damals schon sehr und ich konnte auf Vorschlag des Majors an Computerkursen teilnehmen, die ich auch mit Auszeichnung bestanden habe.

Während meiner Bundeswehrzeit und vor meiner Hochzeit wollte Mama einen Großteil meines Verdienstes als Kostgeld einkassieren. Da hat sie dann bei mir auf Granit gebissen, denn ich habe nichts mehr wortlos einfach hingenommen. Bei der Bundeswehr habe ich meinen Wert erkannt und ich wurde anerkannt.

Ich habe ihr dann jeden Monat 200 D-Mark auf den Tisch gelegt. Ich habe mich auf keine Forderung von ihr eingelassen, sondern habe ihr in diesem Gespräch einfach vor den Kopf geknallt:

„Ich gebe Dir jeden Monat 200 D-Mark. Nimm es oder es gibt keinen einzigen Pfennig!"

In der Zeit kühlte sich das Verhältnis zwischen uns beiden immer mehr ab.

Sie war es eben nicht gewohnt, dass sich jemand auf die Hinterbeine stellte und ihr offen entgegentrat.

Ich habe auch nur bis Dezember 1988 noch bei meinen Adoptiveltern gewohnt, denn am 9. Dezember 1988 habe ich geheiratet und habe natürlich mit meiner Frau eine eigene Wohnung bezogen.

Mama schlug logischerweise vor, bei ihr die obere Wohnung zu mieten. Ihre Hintergedanken bei diesem Vorschlag waren einfach zu erraten. Sie wollte mich als billige Arbeitskraft behalten und von mir noch Geld kassieren für die Miete.

Außerdem hätte sie mit meiner Frau ja dann noch eine billige Arbeitskraft mehr im Haus, die ihr dann alle Arbeiten in der Erdgeschosswohnung, also ihrer Wohnung, jeden Tag abnehmen kann.

Das hatten wir aber schon länger erwartet und deswegen ohne Wissen der Adoptiveltern eine Wohnung gesucht und einen Heiratstermin festgelegt. Die Wohnung war nicht im Ort, sondern mehrere Dörfer weiter weg. So waren wir sicher, dass sie nicht jeden Tag hereinschneite.

Ich war nach der Beendigung des Dienstes bei der Bundeswehr sehr erstaunt über das Verhalten von Papa. Er verhielt sich mir gegenüber sehr zurückhaltend und schweigend. Als ich ihn darauf ansprach, antwortete er mir nicht.

Erst ein paar Wochen später kam er dann zu mir und sprach mich an. Er musste mir unbedingt etwas mitteilen, denn Mama hätte ihm etwas erzählt, was er von mir jetzt bestätigt haben wollte.

Als er mir dann sagte, was Mama erzählt hat, fiel mir die Kinnlade herunter. Sie erzählte überall, ich wäre ja nicht nur zu faul und zu dämlich für die Erzieherausbildung gewesen, ich wäre ja auch noch unehrenhaft aus der Bundeswehr geflogen.

Auf meine Frage, woher sie das denn wissen würde, bekam ich zur Antwort sie wüsste das ganz genau und habe es sich selbst nicht anders erklären können, als dass ich nur unehrenhaft entlassen sein konnte. Denn sie wüsste aus sicherer Quelle, dass es eine Dienstzeit von sechs Jahren bei der Bundeswehr überhaupt nicht gibt.

Ich fragte ihn, ob er meine Papiere von der Bundeswehr einsehen möchte.

Da stand schwarz auf weiß, dass ich meine Dienstzeit mit mehreren Auszeichnungen auf eigenen Wunsch nach der Dienstzeit von sechs Jahren beende.

Er wollte die Papiere nicht sehen, aber meinte zu mir:

„Aber Mama hat das doch gesagt und die hat noch nie in ihrem ganzen Leben gelogen!"

Wenn Papa sich für jede Lüge von ihr im Grab umdrehen würde, gäbe es auf diesem Friedhof seit Jahren einen Ventilator. Denn sie predigte Wasser und trank selber Wein.

Ich bekam für jede auch nur vermeintliche Lüge eine Ohrfeige oder sogar richtig Prügel, aber sie log sich die Taschen voll. Ich bin bis heute sicher, dass er es mir nicht abgenommen hat, mit der ehrenhaften Beendigung meiner Dienstzeit bei der Bundeswehr.

Aber wie schon erwähnt: Er war halt ein Pantoffelheld! Ich dachte, mit der Hochzeit wäre ich endgültig von Mama befreit, aber dem war nicht so.

Sie sollte während der nächsten Jahre noch sehr stark mein Leben beeinflussen und das nicht im guten Sinne.

Sie versuchte bis zu ihrem Lebensende immer wieder mich bei Familie und Freunden schlecht zu machen und uns zu isolieren.

Ist ihr aber nicht gelungen, zumindest nicht bei meinen Freunden!

Tilly

Tilly ist, wie schon anfangs erwähnt, meine leibliche Schwester. Sie ist vier Jahre jünger als ich und wurde 1967 als jüngste von sechs Kindern geboren.

Als wir adoptiert wurden, war sie gerade vier Jahre alt. Sie durfte immer alles machen, was sie wollte, es durfte nur nicht gefährlich für sie selber sein. Ob andere bei ihren Eskapaden zu Schaden kamen, war allen egal, nur mir nicht!

Denn alles, was bei Tilly schiefgelaufen ist und einen Schaden verursachte, war meine Schuld. Dementsprechend gab es für mich dann wieder mindestens eine Ohrfeige.

Zwischen Küche und Esszimmer gab es eine Tür, die später durch eine Schiebetür ersetzt wurde. Mama wollte mit zwei Tellern Suppe aus der Küche in unser Esszimmer. Tilly hatte natürlich nichts Besseres zu tun, als die Tür in dem Moment zuzuknallen, in dem Mama auf der Schwelle stand!

Mama bekam nicht nur die Suppe ab, sondern die Tür war ihr auch noch mit ziemlichem Schwung an eine Hand geschlagen. Wer durfte wohl die Suppe vom Boden wischen, die Scherben wegräumen und sich mehr als eine Ohrfeige abholen?

Schließlich muss ich Tilly ja dazu aufgefordert haben, die Tür im richtigen Moment zu schließen!

In der Nähe des Wohnhauses gab es einen relativ steilen Fußweg, der im Winter als Schlittenbahn sehr beliebt war. Diese Schlittenbahn haben Tilly und ich auch sehr ausgiebig genutzt.

Tilly wollte immer alleine fahren und sollte deshalb nur das unterste Drittel nutzen. Aber Tilly wäre nicht Tilly, wenn sie sich an diese Anweisung gehalten hätte! Kaum mal nicht richtig hingeschaut war mein großer Schlitten und Tilly verschwunden.

Sie hatte einen kleineren Schlitten, damit sie ihn auch alleine tragen oder schieben konnte. Als ich herumfragte, ob jemand Tilly gesehen hätte, erfuhr ich, dass sie gerade mit meinem Schlitten auf dem Weg nach ganz oben war! Das war sehr gefährlich für Tilly, denn der Weg hatte zwei Kurven und selbst Erwachsene sind auf der Fahrt nach unten schon herausgeschleudert worden.

Die Schlitten beschleunigten sehr stark auf dieser Strecke und waren sehr schwer zu lenken.

Dazu kam noch, dass am Schluss der Strecke mitten im Weg ein Pfosten in den Boden gerammt worden war, weil hier keine Autos durchfahren sollten. Tilly war das egal und ich konnte sie nicht mehr aufhalten.

Sie schaffte es zwar den ganzen Weg nach unten auf dem Schlitten zu bleiben, fuhr aber frontal gegen diesen Pfosten. Sie hatte nur eine kleine Beule am Kopf, hat aber geschrien, als ob sie jemand bei lebendigem Leib zerreißen würde.

Dieses Geschrei hatte Mama natürlich gehört und kam angelaufen. Vor versammelter Nachbarschaft brüllte sie mich nicht nur an, ohne zu wissen, was überhaupt passiert war.

Ich bezog dermaßen Dresche vor Ort, dass ich tagelang wegen der blauen Flecken und Schmerzen nicht mehr hinausgehen konnte! Tilly sagte dazu nur, dass ich ihr gesagt hätte, sie solle unbedingt mal von ganz oben fahren. Sie wurde natürlich nicht infrage gestellt, denn sie war ja für Lügen viel zu jung!

Bis Tilly in die Schule kam, ging es so immer weiter. Sie stellt etwas an und ich bin es gewesen oder zumindest Schuld.

Ich weiß nicht mehr wann es genau war, aber Tilly und ich haben öfter für eine Organisation Spenden gesammelt, in dem wir mit Kerzen und Unterschriftenliste plus Geldtasche für etwa zwei Wochen im Herbst in der Nachbarschaft unterwegs waren.

In einem Jahr ist meine Schwester alleine losgezogen, weil ich in der Zeit nicht konnte. Warum weiß ich nicht mehr.

Aber was mir immer in Erinnerung geblieben ist, dass ich eines Tages in dieser Zeit nach Hause kam und schon an der Haustür mit Schlägen begrüßt wurde.

Ich wusste gar nicht, wie mir geschah! Als ich dann endlich die Möglichkeit bekam, Jacke und Schuhe auszuziehen, erfuhr ich auch den Grund der Schläge.

Tilly war den ganzen Nachmittag unterwegs zum Spendensammeln und ist dabei angeblich überfallen und beraubt worden. Das ist nur passiert, weil ich nicht dabei war.

Schließlich hätte ich das wissen müssen, dass so etwas passiert, wenn ein Mädchen alleine unterwegs ist. Es wurde Anzeige erstattet gegen Unbekannt wegen Raubes. Nach kurzer Zeit wurde das Verfahren eingestellt.

Was Mama und Papa nicht wussten, war, dass Tilly sich das Geld eingesteckt hat und sich ihre Jacke selber zerrissen hat.

Woher ich das weiß? Sie selber hat es mir erzählt. Dass sie direkt nach dem „Raub" viele neue Kleinigkeiten anbrachte und ständig Süßigkeiten in der Tasche hatte, fiel niemandem auf.

Es waren 270 D-Mark, die sie sich eingesteckt hatte, denn auch die Organisation glaubte ihr die Geschichte.

Schließlich hatte sie ja die Unterschriftenliste, die diese Summe belegte und die Geldtasche war logischerweise verschwunden.

Da das Ganze ja nur passieren konnte, weil ich den Nachmittag nicht dabei war, bekam ich zwei Wochen Hausarrest und genug Schläge für zwei.

Tilly grinste mich nur an! Sie wurde natürlich getröstet mit viel Aufmerksamkeit und kleinen Geschenken, vor allem von Mama. Ich wurde mal wieder mit Nichtbeachtung und Schweigen belohnt.

Je älter sie wurde, umso extremer wurden ihre Taten. In der weiter führenden Schule, einem Gymnasium, gefielen ihr im sechsten Schuljahr die Noten auf dem Jahreszeugnis nicht.

Also nahm sie TippEx und einen Füller und änderte die Noten so, wie sie es sehen wollte.

Die Fälschung flog sofort auf, da ein Lehrer wohl kaum eine Kinderschrift hat und dazu noch Schreibfehler macht. Dummerweise wird ein Zeugnis auch nie geändert, sondern immer neu geschrieben, wenn berechtigte Einwände vorgebracht werden können.

Vor allem arbeitet kein Lehrer bei einem Zeugnis mit TippEx! In der Juristensprache sagt man dazu Urkundenfälschung! Sie flog von der Schule und ging dann auf die Realschule im Ort, in der ich auch war.

Ich freute mich schon darauf, dass sie nun endlich auch mal eine Strafe bekam! Aber nein, ich bekam mal wieder Schläge ohne Ende, weil ich ihr das gezeigt haben musste, denn alleine wäre Tilly doch nie darauf gekommen!

Eigentlich unnötig zu erwähnen, dass ich gar keine Gelegenheit hatte, ihr das zu zeigen. Sie hat es noch im Klassenraum gemacht am Tag als es die Zeugnisse gab.

Sie ging bis zu dieser Zeit auf ein Gymnasium, das so weit weg war, dass sie für die Strecke auf Bus und Bahn angewiesen war. Meistens habe ich sie erst abends beim Abendessen gesehen. Also wann soll ich ihr gezeigt haben, wie so eine Fälschung gemacht wird?

Tilly wurde dann in der Realschule angemeldet und ansonsten passierte ihr nichts! Ich musste in diesen Ferien alleine den Garten in Ordnung halten und hatte ansonsten drei Wochen Stubenarrest.

Unnötig auch zu erwähnen, dass ich dann für den Rest der Ferien irgendwo bei den Geschwistern von Papa untergebracht wurde, während Tilly mit den Adoptiveltern nach Italien in Urlaub gefahren ist.

Während meiner Jugend war ich in den Sommerferien häufig für mindestens zwei Wochen in einer Jugendfreizeit untergebracht.

Ich dachte immer: „Toll, hast ja wohl doch mal was richtig gemacht, dass sie mich sogar alleine in eine Freizeit schicken!"

Denkste, ich habe eines Tages kurz vor den Sommerferien ein Gespräch von Mama und Papa mitbekommen. In diesem Gespräch ging es darum, wohin sie mich denn diese Ferien schicken konnten, damit ich niemandem auf die Nerven gehen kann und die Schwester nicht noch zu mehr Schandtaten verleiten kann.

Es tat im ersten Moment ganz schön weh so etwas zu hören, aber eigentlich war ich ja auch ganz froh der Familie für begrenzte Zeit zu entkommen!

Bis 1982 als ich die Lehre als Staatlich anerkannter Erzieher begann, ging das alles so weiter in verschiedenen Varianten. Jedenfalls war ich immer schuld und wurde bestraft für alles, was Tilly angestellt hatte. Klar, ich war auch kein Engel, habe aber nach der gefälschten Unterschrift für den Physiklehrer nichts Schwerwiegendes mehr angestellt.

Dachte ich zumindest! Ich muss jetzt hier an dieser Stelle etwas zu Papier bringen, was Tilly im Jahr 2002 gegen mich vorbrachte. Ich war zu der Zeit seit vierzehn Jahren verheiratet und hatte eine zwölfjährige Tochter.

Anfang Dezember 2002 hatte ich dann einen Brief von meinem Schwager in der Post. In diesem warf er mir vor, dass ich Tilly von ihrem neunten bis vierzehnten Lebensjahr jeden Tag missbraucht habe.

Sie war sogar fast schwanger von mir!! Ganz abgesehen davon, dass ich nicht weiß, wie man fast schwanger wird, war das Ganze komplett gelogen! Papa war leider 1995 verstorben, ansonsten wäre diese „Geschichte" anders verlaufen, als sie im Endeffekt abgelaufen ist.

Ich war in meiner gesamten Freizeit ständig
unterwegs. Ich habe Tischtennis gespielt,
habe mehrere Blechblasinstrumente gelernt,
Gitarre gelernt und war im Jugendchor und
im gemischten Chor aktiv.

Einige Zeit war ich auch Tischtenniscoach
und mit einer Freundin zusammen Leiter des
Jugendchores. Abends bin ich immer total
fertig ins Bett gegangen.

In dieser besagten Zeit hatte ich auch
Freundinnen und es bestimmt nicht nötig
Tilly mehrere Jahre lang zu missbrauchen!
Ich habe ihr damals geschrieben, dass sie ab
sofort für mich gestorben sei und egal, wo
ich wohne oder arbeite, sie und die ganze
Familie Hausverbot hat.

Zu den Vorwürfen selber habe ich mich gar
nicht geäußert. Diese waren einfach nur
lächerlich.

Ihre Adresse und Telefonnummer habe ich
in allen Medien gelöscht und alles, was mit
ihrer Adresse war, habe ich weggeschmissen.

Seit diesem Tag habe ich nur noch
Verbindung mit meinen anderen vier
Geschwistern. Die gesamte Verwandtschaft
von Mama und auch von Papa will nichts
mehr mit mir und meiner Familie zu tun
haben.

Am Anfang war das für mich sehr schwer zu verarbeiten, aber irgendwann habe ich mir gesagt: „Wer nicht will, muss nicht!"

Das Letzte, was ich von einer Schulfreundin meiner Frau von Tilly zu Ohren bekam, war, dass sie als Regaleinräumerin in einem großen Discounter gearbeitet hat.

Eines Morgens soll sie in das Geschäft gegangen sein, um zu arbeiten, aber nach wenigen Minuten heulend wieder vor der Tür stand! Tilly hat von Kindesbeinen an überall gestohlen, ich nehme also an das sie bei dem Discounter auch nicht die Hände von der Ware lassen konnte.

Denn welchen Grund gibt es sonst bei einem Regaleinräumer, ihn fristlos zu entlassen?! Was sie heute macht weiß ich nicht und ist mir auch schnurzegal. Es tangiert mich nur peripher! Aber eins weiß ich genau: Wer so eine Familie hat, braucht keine Feinde!

Cheyenne

Cheyenne ist meine Ehefrau und die Mutter meiner 2 Kinder. Sie ist 9 Jahre jünger als ich.

Kennengelernt haben wir uns 1974. Cheyenne war damals vier Jahre alt und wurde zusammen mit ihrem Bruder von Bekannten meiner Adoptiveltern adoptiert. Sie wohnten im selben Ort wie wir.

In den ersten Jahren in denen sie bei ihren Eltern war, haben wir uns bei Besuchen der Familien untereinander gesehen, oder bei Veranstaltungen beim ortsansässigen CVJM.

Ihre Familie und auch meine hat immer irgendwie mit dem CVJM zu tun gehabt.

Je älter Cheyenne wurde umso häufiger haben wir uns bei Veranstaltungen oder als Teilnehmer oder Leiter in Jugendgruppen gesehen.

Von 1982 bis 1986 haben wir uns aus den Augen verloren da ich in dieser Zeit weit weg in Ausbildung als Erzieher war. So ganz egal sind wir uns aber trotzdem nie gewesen.

Als ich dann 1986 erst mal wieder bei meinen Adoptiveltern eingezogen bin, hatte ich auch wieder mehr mit dem CVJM zu tun, also „zwangsweise" auch mit Cheyenne.

Ich war ja von April 1986 bis Ende März 1992 bei der Bundeswehr. Wenn ich zu Hause war, suchte ich immer eine Möglichkeit in der Nähe von Cheyenne zu sein.

Mitte 1987 wollte ich mit ein paar anderen Mitgliedern des CVJM nach einer Gruppenstunde noch eine Pizza essen gehen. Ich fragte Cheyenne, ob sie mitgehen möchte, ich hatte schon alles mit ihrem Vater geklärt. Ich freute mich schon auf den Abend, aber sie sagte nein!

Ein paar Monate später habe ich sie dann nach Absprache mit ihren Eltern gefragt, ob sie mit ins Kino geht. Diesmal hat sie nicht nein gesagt. Und seitdem sind wir zusammen.

Sie hat mir dann irgendwann erzählt, dass sie mich ärgern wollte und eigentlich sehr gerne mitgekommen wäre! Na ja, was soll man dazu noch sagen? So ist sie eben!

Aber trotzdem sind wir seit 1987 zusammen und seit dem 9. Dezember 1988 verheiratet! Also kennen wir uns seit 48 Jahren, sind seit etwa 35 Jahren zusammen und seit 34 Jahren verheiratet!

Und das, obwohl alle im Ort und auch die Verwandtschaft am Unken war: „Die Zwei sind in spätestens einem Jahr wieder geschieden!"

Tja, falsch gelegen, wie man sieht. Vor allem, wenn man bedenkt, wie viele Paare aus der Verwandtschaft geschieden sind, von denen es hieß, das sie ein ganzes Leben nicht zu trennen wären!

Nach dem Kinobesuch hatten ihre Eltern Angst, dass die Schule viel zu kurz kommt und sie dann keine Ausbildung mehr macht!

Auch diese Bedenken haben sich als falsch erwiesen und Cheyenne machte ihren Schulabschluss und danach eine Ausbildung als Verkäuferin im Einzelhandel.

Wir haben sogar noch während sie in Ausbildung war geheiratet und trotzdem hat sie einen Abschluss als Verkäuferin im Einzelhandel und war auch als Filialleiterin beschäftigt.

Cheyennes Eltern waren nie besonders von ihrem Schwiegersohn angetan. Aber irgendwann mussten sie einsehen, dass ihre Abneigung bei ihrer Tochter auf taube Ohren stieß! Man sollte aber auch nicht vergessen, dass Cheyenne erst 17 Jahre alt war als wir zusammen waren und erst 18 Jahre als wir geheiratet haben.

Kurz vor seinem Tod im Jahr 2014 bat mein Schwiegervater mich und meine Frau um eine Aussprache. In dieser baten meine Schwiegereltern mich um Verzeihung, da sie mich sehr lange für einen großen Lügner und Schauspieler gehalten haben und mich sehr schlecht behandelt haben.

Bei einem Gespräch ein paar Tage vorher zwischen den Schwiegereltern und meiner „Mutter" habe sich herauskristallisiert, dass ich nicht gelogen habe und alles, was ich in Bezug auf Frau Klein gesagt habe, der Wahrheit entspricht!

Für diese Erkenntnis haben sie 26 Jahre gebraucht, denn so lange war ich bereits mit Cheyenne verheiratet! Aber lieber spät als nie! Natürlich habe ich die Entschuldigung angenommen, da ich ja wusste, wie sehr „Mama" manipulieren konnte.

Meine Schwiegereltern haben seit diesem Tag überhaupt keinen Kontakt mehr mit ihr gehabt. Dafür aber viel mehr mit uns als vor diesem Gespräch.

1990 kam unsere Tochter zur Welt, die mittlerweile auch schon ein paar Jahre verheiratet ist und zwei süße Kinder hat.2007 wurde unser Sohn geboren, der heute 15 Jahre alt ist und noch zur Schule geht.

Cheyenne ist heute 52 Jahre alt und arbeitsunfähig.

Vor ein paar Jahren wurde bei einer Röntgenuntersuchung und anschließendem CT festgestellt, dass zwei Lendenwirbel sehr geschädigt sind. Dadurch kann sie nicht lange stehen oder gehen. Auch bücken ist für sie ein riesengroßes Problem.

Eigentlich ist unser Leben so abgelaufen, wie bei vielen anderen Familien auch. Im Jahr 2012 sollte sich aber von einem zum anderen Moment alles ändern.

Am frühen Morgen des 16. September 2012 bekam ich ohne irgendeine Vorwarnung einen schweren Hinterwandinfarkt.

Für alle, die nicht wissen, was das ist, es sind an der Hinterwand des Herzens Blutgefäße verstopft und das Herz wird nur noch sehr wenig durchblutet. Es war bei mir sehr schmerzhaft!

Wenn ich Cheyenne nicht hätte, wäre es mir sehr schwergefallen, diese Zeit zu überstehen. Denn sie war Tag für Tag an meiner Seite und hat mir oft alleine durch ihre Anwesenheit geholfen.

Mein Sohn war an dem Tag des Infarktes gerade 5 Jahre alt und hat alles hautnah miterlebt.

Es hatte niemand darauf geachtet, wo er saß, als die Rettungssanitäter und der Notarzt ein trafen. So kam es, dass er mitten im Geschehen saß und auch nicht mehr aus dem Raum gehen konnte, da ihn keiner aus dem Raum heraus gelassen hat. Ich glaube, er hat bis heute noch Probleme damit.

Einen Monat nach dem Herzinfarkt musste ich in eine Herzklinik und bekam ein paar Bypässe. In der auf die Operation folgenden Reha wurde dann festgestellt, dass mein Brustbein, welches für die Operation mitten durchgeschnitten werden musste, nicht mehr zusammenheilt.

Im Fachjargon nennt man das ein Falschgelenk oder auch eine Pseud Arthrose. Egal wie man es nennt, es behindert doch sehr, denn die gesamte Statik des Oberkörpers leidet dadurch. Schweres heben, Arme ausstrecken oder nach oben recken ist nicht mehr möglich.

Also musste Cheyenne mir noch mehr helfen, als vorher schon. Dazu kam damals schon eine Depression bei ihr, weil es alles zu viel für sie war. Auch deshalb, weil ich sehr starke Medikamente nehmen musste, aber trotzdem jeden Tag starke Schmerzen im Oberkörper hatte.

Aber es sollte noch schlimmer kommen,
denn am 14. Februar 2021 bekam ich nach
einer sehr langen Nachtschicht einen zweiten
Herzinfarkt. (Ich hatte seit Mai 2019 eine
Arbeitsstelle bei einem Wachdienst.
Deswegen Nachtschicht)

Es sollte in unserer Ehe die größte
Herausforderung und Änderung für die
ganze Familie sein. Cheyenne musste in den
darauf folgenden Monaten so viel
mitmachen. Aber nicht nur sie, sondern auch
unser Sohn.

Im Jahr 2021 lag ich vom 14. Februar bis zum
3. September mit sehr kurzen
Unterbrechungen 13-mal innerhalb von acht
Monaten in drei verschiedenen
Krankenhäusern.

Unser Sohn und Cheyenne waren, wenn ich
zu Hause war, 24 Stunden unter Strom.
Schon das kleinste Geräusch, was aus meiner
Richtung kam, verursachte bei Cheyenne
und unserem Sohn Gänsehaut und ja man
kann schon fast sagen Panik.

Die beiden mussten mitbekommen, dass ich
einen dritten Herzinfarkt hatte, Wasser in
der Lunge, Wasser im Herzbeutel, eine
Lungenentzündung und ein totales Versagen
beider Nieren.

Dazu kam dann noch, dass ich nicht nur zu Hause, sondern im Krankenhaus einfach umgefallen bin. Der Blutdruck war so niedrig, dass Tätigkeiten jeglicher Art nicht möglich waren.

Meiner Frau wurde dann auch noch dreimal mitgeteilt, dass ich eigentlich schon tot sein müsste. Aber der Gedanke an Cheyenne und meinen Sohn, meine Tochter und ihrer Familie halfen mir beim Durchhalten und Kämpfen.

In den letzten Jahren war es für meine Frau und meinen Sohn bestimmt nicht leicht.

Beide fragten immer wieder, ob ich noch etwas benötige, oder ob sie noch was mitbringen sollten etc.

Dazu kam noch, dass ihr Vater und ihre Oma starben und unser gemeinsamer bester Freund und Kumpel ermordet wurde. Ja, sie haben richtig gelesen, er wurde ermordet.

Cheyenne ist heute nervlich und auch körperlich nicht mehr in der Lage zu arbeiten und ist in ständiger ärztlicher Behandlung. Trotz allem sind wir immer noch zusammen und sie und mein Sohn helfen mir jederzeit!

Ich bin froh, dass ich die Beiden um mich
habe!! Ich bin froh, dass ich meine Frau,
meine beiden Kinder, meinen Schwiegersohn
und die beiden Enkel habe!

„Mama"

Ich habe ja schon ziemlich viel über Mama geschrieben, aber ein paar Dinge müssen hier noch gesagt werden. Ich hatte damals, als ich sie im Jugendamtsbüro das erste Mal gesehen habe, schon ein komisches Gefühl.

Sie schien mir schon damals sehr gefühlskalt und arrogant zu sein. Ich kann bis heute nicht sagen, wieso es mir damals so vorkam, aber es hat sich ja bewahrheitet.

Sie hat nie jemandem getraut, außer sich selber. Als Erstes kam bei allem erstmal sie, dann lange Zeit nichts, dann meine sogenannte Schwester und dann Papa. Wo ich stand kann ich nicht genau sagen, aber ich hatte immer den Eindruck, nirgendwo.

Sie hat jedem in ihrer Umgebung das Gefühl gegeben, dass er froh sein durfte, sich in ihrer Nähe aufzuhalten oder für sie zu arbeiten.

Wenn im CVJM ein gemeinsames Kaffeetrinken oder Essen geplant war, stand sie immer an vorderster Front. Aber nicht, um bei irgendetwas zu helfen oder zu arbeiten. Nie und nimmer!

Dafür war sie sich viel zu fein!

Alle Anwesenden durften sich ja schon an ihrer Anwesenheit ergötzen, da muss sie ja nicht auch noch arbeiten.

Im Erteilen von Befehlen und Aufteilen von Arbeiten fühlte sie sich ganz groß. Aber es wagte auch keiner irgendetwas gegen sie zu sagen oder sich zu wehren!

Ich verstehe es bis heute nicht! Sie war absolut nichts Besonderes und hatte auch keine besonderen Fähigkeiten. Sie benahm sich bei allem, was den CVJM betraf, immer wie die erste Vorsitzende, war aber auch nur einfaches Mitglied.

Besonders intelligent war sie ja auch nicht und nahm ihre ganze Weisheit aus Erzählungen anderer oder von Revolverblättern. Jeden Quatsch, den sie gelesen hatte, hat sie dann an mir oder mit mir „getestet".

Sie ging sogar so weit, dass ich mit Domestos die Zähne putzen und gurgeln musste. Als ich mich weigerte, trat sie mir so lange vor meine Schienbeine, dass ich den Mist machte, nur damit der Schmerz aufhört! Wer Domestos kennt, kennt auch den Hauptanteil dieses Stoffes, CHLOR!!

Was ich davon hatte? Blaue Schienbeine für einige Zeit eine verätzte Speiseröhre und einen verätzten Mundraum.

Mein Geschmackssinn war auch eine ganze Weile außer Betrieb.

Selbstverständlich bekam das nie ein Arzt zu sehen, sie behielt mich dann einfach eine Woche zu Hause. Während der nächsten Zeit konnte ich nur Flüssignahrung zu mir nehmen, aber sie hat sich nur kaputt gelacht.

Normalerweise hätte ich das Zeug überhaupt nicht angefasst, aber bei solchen Tritten würde es wahrscheinlich jeder tun. Papa sagte gar nichts dazu und Fräulein Schwester kannte nur Schadenfreude.

Das Lustige war ja, dass sie sich für eine begnadete Dichterin und Malerin hielt! Ihre Gedichte waren zusammengeklaute Gedanken anderer Personen und die Bilder hätte ein Schimpanse besser gemalt.

Im Alter von neun bis fünfzehn Jahren habe ich sehr gerne und sehr viel gelesen, nachdem ich es ja endlich gelernt hatte. Entweder zum Geburtstag oder zu Weihnachten bekam ich ein Buch mit über 400 Seiten.

Als ich dieses Buch innerhalb weniger Stunden gelesen hatte, bekam ich erstmal wieder ein paar Ohrfeigen, da es unmöglich ist, ein 400 Seiten Buch in so kurzer Zeit gelesen zu haben. Sie glaubte es mir einfach nicht.

Zu dieser Zeit musste sie das Bett hüten wegen Windpocken. Der nächste Tag war schulfrei, also übergab sie mir am nächsten Morgen drei Bücher, die sie sehr gut kannte und befahl mir, diese Bücher zu lesen.

Anschließend sollte ich zu ihr kommen und Ihr den Inhalt aller drei Bücher erzählen. Nachdem ich ihr alle Inhalte erzählt hatte, sagte sie nur, dass es ja dann wohl doch stimmen würde mit dem schnellen Lesen. Kein Wort der Entschuldigung!

Als ich noch in der Grundschule war, kam eines Tages ein Zirkus an unsere Schule. Die Tickets kosteten 5 DM. Da ich ja kein Taschengeld bekam, hatte ich also auch kein Geld für den Zirkus.

Mama hatte mitbekommen, dass am nächsten Tag ein Zirkus bei der Grundschule war. Sie versprach mir die 5 DM, aber ich sollte sie am nächsten Morgen darauf ansprechen.

Als ich sie am nächsten Tag darauf ansprechen wollte, ist irgendwas dazwischen gekommen, also dachte ich, ich könnte sie ja auch noch am Mittag ansprechen. Leider war sie dann am Schlafen und sie hasste es geweckt zu werden. Also ließ ich es ganz sein und blieb zu Hause.

Ich ging nach draußen und habe gar nicht mehr an den Zirkus gedacht. Mama rief mich ein paar Stunden später ins Haus.

Als ich das Wohnzimmer betrat, gab es erst mal ein paar Ohrfeigen und einen Tritt zwischen die Beine.

Die ganze Zeit brüllte sie mich an, warum ich sie im ganzen Dorf als schlechte Mutter darstellen würde, als herzlos und geizig? Ich wusste gar nicht, was sie von mir wollte, denn ich habe sie ja nie im Dorf so dargestellt.

Als sie endlich von mir abließ, fragte sie mich, ob ich nicht was vergessen hätte. Ich wusste immer noch nicht, worauf sie hinaus wollte. Dafür gab es dann noch ein paar Ohrfeigen, bis sie mich dann fragte, warum ich sie nicht wegen der 5 DM für den Zirkus angesprochen hätte.

Ich konnte also machen, was ich wollte, es war immer verkehrt. Sie zu wecken, hätte zum selben Ergebnis geführt, welches ich jetzt hatte!

Ihre Lieblingsbeschäftigung war es mich zu demütigen und mir ständig zu sagen, dass ich absolut nichts wert bin und zu doof zu allem und zu nichts zu gebrauchen! Lass die Finger davon, du kannst das sowieso nicht und machst alles kaputt!

Für mich ist sie heute noch die scheinheiligste Person, die mir je über den Weg gelaufen ist.

Sie hat sich immer wahnsinnig aufgeregt, wenn irgendwo von Schwarzarbeit die Rede war, hat aber über Jahre eine Spanierin beschäftigt, die ihr den Haushalt machte.

Angemeldet wurde diese Frau natürlich nicht. Aber Mama war schließlich eine Privatperson und die Spanierin war so freundlich, ihr zu helfen.

 Zwei Tage nach dem Brief meines Schwagers, in dem er mich bezichtigte, ich hätte Tilly jahrelang missbraucht, kam auch ein Brief von „Mama". Sie warf mir auch vor, dass die Missbrauchsvorwürfe auf jeden Fall der Wahrheit entsprechen, denn Tilly würde nie lügen. Auf jeden Fall wäre ich ja von Anfang immer eifersüchtig auf Tilly gewesen und hätte mich so an ihr gerächt. So ging der ganze Brief weiter. Nur Vorwürfe gegen mich, aber Lobeshymnen auf Tilly.

Als ich am selben Tag bei ihr anrief, habe ich ihr alles Mögliche vorgeworfen, aber sie hat immer versucht, sich zu wehren.

Ich habe sie nicht reden lassen und sie mit ihrem „Aber …aber … aber!" einfach ignoriert.

Das einzige Mal wo ich von ihr überhaupt keine Reaktion erlebte war als ich ihr sagte, dass ich wüsste, dass sie 1971 im ganzen Dorf verbreitet hat:

„WIR WOLLTEN DEN JUNGEN NIE HABEN!!"

Sie versuchte nicht mal, es abzustreiten und hat so indirekt zugegeben, dass es stimmte! Als ich 2012 in der Reha war, hat sie versucht über Cheyenne meine Telefonnummer in der Reha-Klinik zu bekommen.

Als meine Frau mich anrief und mir das erzählte, habe ich „Mama" angerufen und sie bestimmt 20 Minuten zusammen gefaltet. Ich habe sie beschimpft und mit Worten überhäuft, die ich bis dahin nicht mal bei einem Streit mit anderen verwendet habe!

Ich habe sie gar nicht mehr zu Wort kommen lassen und habe dann einfach aufgelegt. Den Wortlaut des Gespräches möchte hier lieber nicht wiedergeben, denn sonst wird jeder mindestens rot beim Lesen!

Sie hat gar nichts kapiert und am nächsten Tag bei einer Begegnung mit meiner Schwiegermutter nur gesagt:

„Was ist denn mit dem los, der war einfach nur böse zu mir?!"

Sie ist 2016 verstorben und es ist mir bis heute völlig egal! Es gibt noch sehr viele Menschen, die sie auch nicht vermissen!

Nach ihrem Tod bekam ich dann nicht das, sondern die Testamente vom Anwalt von Tilly zugeschickt.

Sage und schreibe acht (8) Stück. In vier dieser Testamente wurde ich komplett enterbt wegen Erbunwürdigkeit!! In zwei der Testamente sollte ich den Pflichtteil bekommen und im letzten geltenden Testament bekam ich eine feste Summe ausgezahlt.

Das älteste Testament war noch von beiden „Elternteilen" geschrieben. In diesem sollte ich die Hälfte erhalten!!

Nur mal eben so:

Erbunwürdigkeit ist eine sehr hohe Hürde und nach Durchsicht durch meinen Anwalt waren wohl diese vier Testamente nicht gültig oder sogar sittenwidrig. Seit 2002 hatte ich nur dreimal Kontakt mit der „Familie" und das war noch zu viel!

Papa

Von Papa war zwar auch schon die Rede, aber ich möchte doch noch ein paar Worte loswerden. Der erste Eindruck, den ich im Büro des Jugendamtes hatte, war nicht ganz richtig.

Er war zwar ein richtiger gemütlicher Bär, aber an und für sich gegenüber Mama ein richtiges Weichei. Alles, was sie sagte, war richtig und durfte nicht bezweifelt werden. Ich bin mir bis heute nicht sicher, ob er nur seine Ruhe haben wollte oder wirklich so war, wie er sich gegeben hat.

Denn was auffällig war, er hat sich außerhalb der Familie völlig anders verhalten. Er war immer der souveräne Mann, den alle in ihm gesehen haben. Er hat die Dinge immer beim Namen genannt und wenn etwas zu regeln war oder irgendwo angepackt werden musste, war er da. Papa hat alle Dinge angepackt, bei denen es darum ging, mit Ämtern zu verhandeln oder wo Genehmigungen heran mussten.

Zu Hause war er das genaue Gegenteil.

Ohne eine Aufforderung von Mama oder man möchte schon sagen, ohne Befehl von Mama hat er seine beruflichen Tätigkeiten in Angriff genommen, aber ansonsten hat er mehr oder weniger versucht, sich aus allem heraus zu halten.

Ich kann ihm aber nicht vergeben oder vergessen, dass er sofort reagierte, wenn „Mama" ihm befohlen hat, mich zu verprügeln. Er fragte erst gar nicht, ob ihre Behauptungen stimmten, sondern drosch einfach drauflos, egal ob es Tag oder mitten in der Nacht war.

Er hat mich mehr wie einmal mit Schlägen und Tritten geweckt. Im Grunde genommen war er zu mir ansonsten wie ich mir einen Papa immer vorgestellt hatte. Wenn er zu Hause war, haben sich Tilly und die sogenannte Mutter häufig zurückgehalten.

Wenn meine Adoptiveltern sich gestritten haben, war es immer sehr lautstark. So habe ich wahrscheinlich häufiger als es ihnen bewusst war, mitbekommen, dass es immer wieder hieß: „Selber schuld. Du hast es doch so gewollt. Jetzt leb auch damit, dass er hier ist!"

Diese Worte kamen von Papa! Aber er war auch derjenige, der immer wieder für Cheyenne und mich eingekauft hat, als wir frisch verheiratet waren.

Von diesen Einkäufen durften wir nie etwas bei „Mama" erwähnen, sonst wäre der Teufel los gewesen. Papa ist 1995 gestorben und hat mich mit den beiden Furien allein gelassen!
Seit seinem Tod haben Tilly und meine sogenannte Adoptivmutter verstärkt versucht, mich bei allen Freunden schlecht zu machen. Bei der Familie ist es ihnen gelungen, aber die alten Freunde aus dem CVJM stehen immer noch zu mir/uns!

Nachwort

Ich habe jetzt seit 2012 keinen Kontakt mehr mit der Familie Klein und Verwandte.

Seit dem hatte ich keine Asthmaanfälle mehr und habe danach alle Ausbildungen und Lehrgänge mit Bravour bestanden.

Wenn man über Jahrzehnte gesagt bekommt, man sei nichts wert, glaubt man es irgendwann selber! Ich bin zwar mittlerweile Frührentner wegen 100 % Arbeitsunfähigkeit, habe aber meine Frau, meine Kinder und meine Enkel.

Bei uns ist jeder für den anderen da und hilft, wo es geht. Ich hoffe, ich habe meine Kinder gut erzogen und habe nicht den Fehler gemacht, ihnen zu zeigen, dass sie ungewollt waren und nichts wert sind.

Alles, was in diesen Zeilen steht, ist nicht meiner Fantasie entsprungen, sondern wurde von mir so durchlebt und erlebt. Die meisten Personen sind nicht mehr am Leben und die noch Lebenden wurden so verändert, dass nur Eingeweihte wissen könnten, wer gemeint ist.

Ich habe diese Zeilen nicht geschrieben, um gegen Adoption anzugehen.

Dies hier ist meine Lebensgeschichte und ich weiß, dass es tausende von Familien gibt, wo es wunderbar funktioniert und die Kinder leben wie die eigenen Kinder.

Meine Schwiegereltern sind ein gutes Beispiel für solche Familien, denn meine Frau wurde auch adoptiert und hat zum Glück ganz andere Erfahrungen gemacht als ich!

Durch Adoption kann vielen kinderlosen Eltern geholfen werden und viele Kinder finden ein tolles zu Hause! Ich wünsche all diesen Familien alles Gute und ein erfülltes Leben!

Ende